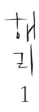

1

공 지 영
장편소설

해
리

1

해냄

모든 소설이 그렇듯이 이 소설은 허구에 의해 씌어졌다.
만일 당신이 이 소설을 읽으며 누군가를 떠올린다면
그것은 전적으로 당신의 사정일 뿐이다.

해리성 인격 장애

　각기 다른 정체감을 지닌 인격이 한 사람 안에 둘 이상 존재하여 행동을 지배하는 증상. 상황에 따라 각기 다른 사람이 의식 위로 올라와 말하고 행동하는 것처럼 보인다. 기억상실증이 하나 이상의 인격에 나타나며, 인격이 수동적일수록 기억상실증이 심해진다. 과거에는 '다중 인격 장애'로 불렀으나 지금은 '해리성 정체감 장애(dissociative identity disorder, 解離性 正體感 障碍)'라고 부른다. 인격이 여러 개라는 것보다는 정체감이 불안정하다는 것에 중점을 두는 게 이 증상을 설명하는 데 더 알맞기 때문이다.

—'세상의 모든 백과사전'에서 발췌 정리

차례

제1부

하늘의 그물

하늘의 그물은 크고 넓어서 성긴 듯하나
아무것도 놓치는 일이 없다.
—『도덕경』 중에서

뱀은 주 하느님께서 만드신 모든 들짐승 가운데 가장 간교하였다.

그 뱀이 여자에게 물었다.

"하느님께서 '너희는 동산의 어떤 나무에서든지 열매를 따 먹어서는 안 된다'고 말씀하셨다는데 정말이냐?"

여자가 뱀에게 대답하였다.

"우리는 동산에 있는 나무 열매를 먹어도 된다. 그러나 동산 한가운데 있는 나무 열매만은 '너희가 죽지 않으려거든 먹지도 만지지도 마라' 하고 하느님께서 말씀하셨다."

—「창세기」 3장 1~3절

O

그 가을의 모든 새벽마다 안개는 무진(霧津)의 바다로
부터 육지로 상륙했다. 모든 아침들은 해가 떠오르기 전에 빛을
은폐하는 안개에 둘러싸였다. 안개는 모든 빛을 빛으로부터, 모
든 사물을 사물로부터, 모든 풍경을 풍경으로부터 차단했다. 해
가 아주 높이 솟아오르고 안개의 입자들이 하나하나 데워져 수
증기로 휘발되기까지는 해조차도 제빛을 드러내지 못했다.

그날 새벽안개가 바다로부터 무진으로 상륙을 시작했을 때 그
남자는 어둠 속에 아무렇게나 구겨져 팽개쳐져 있었다. 안개는
마치 이 지상에서는 천적을 가지지 못한 희고 긴 털을 가진 난폭
한 짐승처럼, 혹은 오래되고 버려진 식민지에 상륙하는 점령군처
럼 산만하고 무례하게 밀려들었다. 그 하얀 털에 점령당하듯 길
이 사라지고 건물이 숨을 죽이고 가로등 빛이 힘을 잃었다. 땅에
이어 하늘이 그 거대한 짐승에게 가려지고 나자 세상은 완벽하
게 안개의 것이 되었다.

남자가 누운 방 안에는 아무것도 없었다. 하나뿐인 작은 창은 촘촘한 창살로 막혀 있었고 방 안에 달린 손바닥만 한 화장실에는 금이 간 세면대와 물이 잘 빠지지 않는 수세식 변기가 하나 놓여 있었는데 여기저기 깨진 타일 틈으로 붉은 곰팡이 자국이 가득했다. 남자는 고통스러운 벌레처럼 둥글게 몸을 웅크리고 있었다. 안개 자욱한 뜨락 건너 맞은편 건물에서 들리던 여자의 울음소리도 그친 지 오래되었다. 키가 작은 나무들은 보초들 손에 들린 창처럼 날카롭게 침묵하고 있었고 안개는 꼼꼼한 촉수로 그들을 꺾어버렸다. 아직 잎이 다 마르지 않은 가을 나무들은 그 안개의 포충망 속에서 작게 몸을 떨었다. 벌써 여러 시간 움직이지 않던 그의 몸이 약간 꿈틀거렸다. 아니, 그는 "잘못했어요. 용서해주세요"라고 말하고 싶었는지도 모르겠으니 움직인 것은 몸이 아니라 그의 입술인지도 모르겠다. 그는 힘없이 눈을 떠서 창밖을 바라보았다. 창밖은 장벽 같은 안개였다.

그는 눈을 감았다. 아주 훗날 씌어질 보고서에 의하면 그의 눈은 잦고 심각한 구타의 영향으로 이미 빛을 잃어버린 지 오래였고 짐작건대 배고픔도 아주 오래전에 이미 멈추었다. 언제부터인가 온 세상이 그에게는 이미 안개처럼 하얀 벽이었다. 이제 그의 망막 안에서 세상은 극단의 흰빛으로 변해갔다. 화이트아웃……. 콜라 빛의 묽은 변이 그의 열린 항문을 통과해 바지를 적셨다. 이어 엄청난 악취가 방 안 가득 퍼졌다. 곧 날이 밝으면 그는 이 방에서 주검으로 발견될 것이었다. 안에서는 열지 못하는 손잡이가 달린 이 작은 방에 그가 들어온 지 37일째였다.

그는 요 며칠째 방문을 두드리지 않았다. 열리지 않는 손잡이를 붙들고 여기요, 여기 좀요, 하고 괴성을 지르지도 않았고 철창이 쳐진 창문에 매달려 창밖을 향해 "여기 사람 있어요! 잘못했어요" 하고 짐승 같은 소리를 지르며 울지도 않았다. 벽을 긁다가 찢어진 손톱 사이로 배어나온 붉은 피가 누런 벽지를 적시지도 않았다. 그 방에 들어간 지 한 달이 지났을 때 그는 드디어 그방의 누런 벽지처럼 변해 가만히 앉아 있었다. 이제 아침이 오면 사람들이 출근을 하고 이 방문을 열고 그의 생사를 확인할 것이다. 그가 죽은 걸 발견했다고 해도 놀랄 사람은 이곳엔 아무도 없었다. 슬퍼할 사람도 없었다. 고통스러워할 사람도 물론 없었으며 누가 이 사람을 죽게 했냐고 항의할 사람도 없었다. 이 지상에 살아 있었으나 이제 죽어 있는 그를, 죽어 있으나 살아 있을 때와 마찬가지로 무표정하게 살펴보고 악취 때문에 코를 그러쥔 직원은 서둘러 방문을 닫고 여느 때처럼 전담 의사를 부를 것이다. 그러고 나면 그는 하루나 이틀 만에 화장되어 빵가루처럼 곱게 빻아질 것이다. 아무도 그를 위해 울지도 않고 아무도 그의 죽음에 대해 질문하지 않을 것이며 아무도 왜 그가 거기, 아무도 없는 곳에, 아무도 만나지 못한 채로 40일 가까이 갇혀 있어야 했는지 묻지 않을 것이다. 침구도 없고 신문지 쪼가리 하나 없고 오

16

직 벽만이 존재하는 그 방에서 그가 40일이 다 되는 시간을, 오직 벽처럼 변하는 것 외에 무엇을 하고 지냈는지도. 그리고 그날 일지에는 이렇게 적힐 것이다. 키 167센티, 몸무게 43킬로 남성이 아무개 사망. 원인 심정지. 이상 무.

　특별할 것은 없었다. 이것은 지난 6년 통산 312번째, 최근 2년간 일어난 129번째의 비슷비슷한 죽음이었다.

0.1

　　즐거운 노래는 그치지 않았다. 입에 부담감을 주지 않는 투명한 생선회도 송이버섯도 만족할 만했다. 하지만 그것이 제주산 다금바리회라는 것을 알고 난 후, 그리고 그 옆의 접시에 담긴 것이 개당 이만 원에 육박하는, 봉화에서 난 송이버섯이라는 것을 알고 난 후 그의 마음이 그리 편하지는 않았던 것 같다. 벌써 세 병째 양주가 따졌을 때 그는 이제 그만 이 자리를 떠나야겠다고 마음먹었다. 그들이 내미는 잔을 잠깐씩 요령껏 물리며 그는 룸 밖으로 나왔다. 손을 닦고 잠깐 화장실 창으로 내다보니 안개가 자욱했다. 지독한 안개였다.

　　그는 그들이 무어라고 하든 그만 이 자리를 뜨고 다시는 여기 합류하지 말아야 하겠다는 생각을 했다. 다시 룸으로 돌아가자 한 여자가 긴 다리를 꼬며 테이블에 올라가 춤을 추고 있었다. 순간 그는 짧은 치마 사이로 아슬아슬 보이는 그녀의 다리 사이를 주시하고 말았고 그 다리 사이에는 그 다리 사이를 가릴 아무것도 없다는 것을 알아버렸으며 온몸으로 오싹한 기운이 지나가는

것을 느꼈다. 그녀의 머리와 몸으로 만 원짜리, 오만 원짜리 지폐
들이 떨어져 쌓이기 시작했다. 그가 방으로 들어선 후 그녀의 춤
이 끝났을 때 지폐는 탁자 위에 수북이 쌓여 있었다. 그는 여자
의 짧은 스커트 사이로 드러난 맨가랑이를 생각하지 않으려고
제 앞에 놓인 잔을 들어 독한 술을 조금 더 마셨다.

일행 하나가 일어나 그 지폐를 한 움큼 잡아 방금 노래를 마친
여자의 가슴 사이로 집어넣었다. 그러자 다른 일행이 그런 그를
만류했다. 그리고 그런 촌스러운 짓을 하면 안 된다고 익살스레
충고하면서 보란 듯이 탁자 위의 지폐들을 둘둘 말았다. 정돈되
지 않은 채로 둘둘 말린 지폐들은 길고 엉성한 빨대처럼 말려졌
고 이어 익숙한 솜씨로 이미 비워진 양주병에 꽂혔다. 만 원짜리
초록빛 지폐와 오만 원짜리 노란 지폐는 푸른 잎사귀 사이에 핀
노란 꽃 같았다.

"야……. 정 양아, 이리 와봐……. 어서 말해봐라. 이 세상에서
제일 예쁜 꽃은 무슨 꽃?"

"돈꽃."

아까 탁자 위에 올라가 춤을 추던 여자가 까르르 웃으며 대답
했다.

빈 병에 꽂힌 돈꽃들이 여자들에게 하나씩 나누어지자 여자
들이 환성을 올렸다. 악사는 다시 연주를 시작했다. 하루 이틀
이곳에 드나든 사이가 아니라는 것은 이 자리가 시작된 직후부

터 짐작하고 있었다. 하지만 그는 입을 열지는 않을 것이었다. 그는 어디서든 나서는 성격이 아니었고 대놓고 누군가와 맞서는 성격은 더더욱 아니었다. 마치 자신의 약혼자인 처녀가 자기도 모르게 임신한 것을 알아차린 이천 년 전 사람 요셉이 그랬듯이 조용히 혼자서 그들과 멀어짐으로써 이 사태를 마감하려고 마음먹었다. 그들도 그가 위험한 인물이 아니라는 것을 처음부터 알아차린 것 같았다. 그랬기에 그를 여기 초대했고 그가 얇은 외투를 걸치고 나가도 만류하지 않았다. 그는 룸의 문을 밀고 밖으로 나와 천천히 안개 속을 걸어갔다. 담배 생각이 간절했다. 안개 때문에 모든 것이 보이지 않았다. 그는 겨우 희미한 빛을 발하고 있는 편의점 간판을 발견하고 그리로 들어갔다. 편의점 로고가 새겨진 자주색 조끼를 입고 있던 앳된 얼굴의 소년이 그가 문을 열고 들어오자 "어서 오세요" 하고 상냥하게 인사했다. 언뜻 보니 소년은 편의점 도시락을 먹고 있던 중인 것 같았다. 그는 담배를 한 갑 청하고 라이터도 샀다. 거스름돈을 받으려는데 문득 방금 탁자 위에서 보았던 그 돈꽃 병이 떠올랐다. 마침 틀어놓은 24시간 뉴스에서는 시간당 만 원의 최저임금은 시기상조라는 말을, 서너 명의 훌륭하고 학식 높은 사람들이 나와 문제의 핵심만 빼고 이리저리 돌려가며 계속하고 있었다. 그는 잠시 담배를 사고 거스름돈을 봉사료로 이 소년에게 다 주어버릴까도 생각했다. 하지만 돈꽃이 핀 병이 떠올라오자 그 갑작스럽고 가벼운 선의조차도 스스로에게는 너무 희극적으로 느껴져서 그는 다시 생각을 바꾸었다. 그리고 거스름돈을 받아 그냥 주머니에 구겨 넣었다.

"신부님이시죠?"

소년이 문득 물었다. 이 지독한 안개가 낀 밤, 적막한 밤의 편의점에서 술 취한 손님과 아르바이트생이 나누기에는 생뚱한 단어였다. 소년의 표정은 환했는데 그때 그에게는 그 반가운 목소리가 문득 기습처럼 들렸다. 화들짝 놀란 그가 "어떻게……" 하고 묻다가 자기도 모르게 평소의 로만 칼라가 있는 옷의 목 부분을 더듬었다. 클러지 셔츠—성직자의 약식 제복, 하얀 로만 칼라를 빼거나 낄 수 있다—를 입은 것은 사실이지만 흰 로만 칼라는 아까 식사가 시작될 때 빼버렸었다.

"저 요셉 유치원 때 신부님께 세례받았어요. 이 안토니오입니다. 기억 못 하시겠지만."

소년은 밝게 웃었다. 그는 갑자기 곤혹스러운 기분이 되었다. 아까 그 룸에서의 소음과 여자들에게 배어 있던 지분 냄새가 자신의 옷에 묻어 있는 것처럼 느껴졌는지도 모르겠다. 그 독한 향기, 여자들의 향기, 돈의 향기. 악취처럼 자신에게 배어든 그 냄새가 이 소년에게 전달될까 봐 두려웠는지도 모르겠다.

"……아, 그렇군. 힘들지 않아요?"

무안해진 그가 별로 궁금하지도 않은 어투로 물었다. 소년은 "할 만합니다. 괜찮습니다" 하더니 머리를 긁적였다.

"밤참 먹는 중인 모양인데 어서 먹어요."

그가 소년이 먹다 만 도시락을 가리켰다.

"아, 다 먹었습니다. 오늘 자정에 폐기된 음식이에요. 마음대로 먹어도 됩니다. 어차피 냉동 창고로 가서 폐기될 거니까요."

소년은 명랑하게 대답하고는 얼른 뛰어가더니 바나나 우유를 하나 가지고 돌아왔다.

"신부님, 뭐 드릴 것도 없고 이거 가시면서 드세요. 의외로 술 깨는 데 도움이 된다고 이 시간에 많이들 찾으세요."

나에게 술 냄새가 많이 나는구나, 그는 생각했고 이어서 괜찮다고 몇 번 손을 저었지만 소년은 의외로 완강했다.

"고마워요."

대답하는 그의 목소리에는 힘이 없었다.

"신부님, 실은 요 몇 년 너무 힘들어서 일요일이면 늦잠 자느라고 성당도 못 갔어요. 이제 열심히 가야겠어요. 진짜예요. 뜻밖에도 여기서 신부님 뵈니까 참 좋아요."

묻지도 않았는데 소년이 말했다. 환한 웃음과 함께였다. 그는 할 말이 없었다. 울컥 목울대로 취기가 솟았다. 솟아 나오는 취기를 감추지도 못하고 그는 허둥지둥 편의점을 나와 거리로 걸어갔다. 자기도 모르게 걸음이 빨라져서 마치 안개 속으로 풍덩 하고 빠져드는 것처럼 보이기도 했다. 아무도 본 사람은 없었지만 그때 그는 두 손으로 얼굴을 가렸고 이 안개가 아니었다면 흰 수건으

22

로라도 자신의 얼굴을 가렸을 거라고 문득 생각했다. 만일 열 살
만 젊었다면 아마도 큰 소리로 울면서 이 안개 자욱한 새벽길을
걸어갔을 것이라고.

막대한 부요 곁에서 매우 비참한 가난이 소리 없이 자라나
고…… 그의 안주머니에서 내일 아침 미사에서 강론할 주제가
든 종이가 만져졌다. 교황 프란치스코의 말씀을 주제로 한 것이
었다. 막대한 부요 곁에서 매우 비참한 가난이 소리 없이 자라나
고…… 길 건너 무진 주교좌성당에서 종이 울리고 있었다.

그때 《무진매일신문》 윤전기는 중증 장애인 공동체 '나자렛의
집'을 찾아가 그들의 몸을 씻기며 지극한 마음으로 봉사하는 무
진 주교의 사진을 1면으로 인쇄하고 있었다. 신문지 위의 주교는
팔을 걷어붙인 봉사자의 차림이었다. 인터뷰 말미에 주교는 말했
다. "예수님께서 말씀하셨어요. 너희 중에서 가장 낮은 사람 하
나에게 해준 것이 바로 내게 해준 것이다." 때는 새벽이었다.

1

그날 새벽부터 한이나는 깨어 있었다. 건너편 침실의 어머니 방에서 켜진 불이 거실로 새어 나오고 있었다. "엄마 깼어?" 하고 부를까 하다가 이나는 그냥 모른 척하기로 했다. 어제 하루 종일 서울에서부터 차를 몰고 내려온 후라 마음과는 달리 몸은 침대 시트 밑으로 파고들어가는 듯 무거웠다. 이나는 이불을 당겨 어깨까지 끌어 올리고 머리맡에 놓인 핸드폰을 들어 시계를 보았다. 4시가 좀 넘어 있었다. 엄마는 오늘 무진 가톨릭 대학 병원에 입원할 것이다. 대장암 수술을 받기 위해서였다. 의사 말로는 초기라고 했으니 죽음까지 생각할 필요는 없을지도 모른다. 하지만 아무도 모른다. 실제로 어제 엄마는 거의 저녁밥을 먹지 못했다. 이나도 그랬다. 모녀는 둘이서 포도주만 한 병 비웠다. 구워놓은 안심 스테이크가 딱딱해질 때까지 엄마도 이나도 음식에 손을 대지 못했다.

"이 포도주 우리 이나 시집가는 날 따려고 엄마가 지하실에 아껴놓은 거야. 한때지만 모든 갤러리에서 엄마 그림을 받고 싶어

하던 때, 엄마가 무지 잘나갈 때 사놓은 정말 좋은 와인……."

이나는 그 포도주의 붉은빛이 문득 내일 수술대 위에서 흘릴 엄마의 피 같다는 생각을 했다. 엄마는 그 피를 마지막으로 이나에게 나누어주고 있는지도 모른다고 말이다. 예수가 마지막 만찬을 하며 제자들에게 "이는 내 피다" 하고 포도주를 따라주며 하던 말이 사실 어제처럼 실감난 적은 없었다. 그리고 이 지상에서 그녀와 핏줄을 나눈 사람이 엄마뿐이라는 것을 또 어제처럼 실감한 적은 없었다.

그녀가 누워 있는 방 벽에는 오래전 엄마가 그린 유화가 걸려 있었다. 푸른 지구를 목마처럼 타고 있는 아기가 거기에 있었다. 동그란 얼굴, 동그란 눈, 동그란 코, 동그란 입……. 그것은 어린 이나였다. 창밖으로 비쳐 드는 가로등 빛에 액자 속의 아이의 뺨이 동화 속에 나오는 어린 왕자처럼 빛나고 있었다. 아주 어린 시절부터 저 그림을 보며 자랐기에 정작 저것은 그녀에게 마치 세상에 나오기 아주 오래전부터 존재했던 그림인 것만 같았다. 언젠가 엄마에게 이런 말을 하자 엄마가 대답했다.

"그럴지도 몰라. 너를 낳기 전부터 너를 낳으면 저런 그림을 그려야겠다 하고 이미 생각했으니까. 그래서 네가 기어 다니기도 전에 너를 앉혀놓고 저 그림을 그렸지. 이상하지, 네가 내 배 속으로 들어오기도 전에 이미 너를 사랑했고 너를 낳기도 전에 이미 저 그림은 내 머릿속에서 완성되어 있었어."

문득 커피가 마시고 싶었다. 거실 건너편 엄마 방의 불빛이 꺼졌다. 이나는 물고기처럼 조용히 어둠 속에서 몸을 젖혀 반대쪽으로 돌아누웠다. 엄마를 조금이라도 더 자게 하려면 이나 역시 자는 척이라도 해야 했다. 서울의 집에서라면 이나는 일어나 커피를 끓였을 것이다. 어차피 그녀의 하우스메이트인 지희는 그 시간까지 자고 있지 않으니까 말이다. 이제 엄마에게 끈이 되는 이 지상의 단 하나의 혈육으로서 암에 걸린 엄마에게 해줄 수 있는 일이 그것뿐이라는 생각에 문득 코가 시큰했다. 엄마는 한때 서울에서도 초청 개인전을 열 정도로 잘나가는 화가였다. 한번 값이 오르면 잘 떨어지지 않는 그림 판의 속성을 감안할 때 엄마의 그림은 값이 그리 많이 떨어지지 않았지만 대신 팔리지 않았다. 팔리지 않는 엄마의 그림이 이나가 떠난 방들을 채우고 떠날 줄을 몰랐다. 엄마는 아주 가난해지진 않았지만 그리 여유 있어 보이지는 않았다. 요즘에는 평생 하지 않았던 대입 수강생 입시 지도도 하는 눈치였다. 일 년에 한두 차례 무진에 내려올 때나 가끔 엄마가 서울로 올라올 때 이나는 엄마가 성큼성큼 늙어간다고 생각했다. "괜찮아……. 그냥 가끔 참을 수 없을 만큼 쓸쓸해서 그렇지." 마지막으로 건강검진을 받으러 서울에 올라왔을 때였을까, 엄마는 배웅하는 이나에게 무심히 말했다. 쓸쓸하다, 라니……. 참 오랜만에 들어보는 단어다, 라고 이나는 그때 생각했다. 이나는 외롭다는 생각은 해본 적이 많았지만 쓸쓸하다는 생각은 별로 해본 적이 없었다. 외로움이 나이를 먹고 늙으면 쓸쓸함이 되는 걸까? 외로움이란 단어 말고 쓸쓸함이라는 단어에는 세월의 더께 같은 것, 오래되고 쿰쿰하고 약간은 궁상맞은 땀내 같은 것이 배어 있는 듯했다. 엄마는 오늘 밤, 쓸쓸하다고 생각할까. 늘 멀리 있던 딸이 이렇게 곁으로 다가와 거실 건너편 방에 누워 있어도?

이나는 어쨌든 엄마와 함께하는 이 지상의 마지막이 될지도 모르는 휴가를 좋은 기억으로 채우고 돌아가고 싶었다. 누운 채로 올려다보니 창밖으로 안개가 흰 블라인드처럼 빡빡이 서려 있었다. 아까 잠들 때는 분명 없던 안개였다. 창밖은 우유를 발라놓은 듯이 희뿌옜다. 그제서야 이나는 무진에 돌아왔다는 것을 실감했다. 멀리서 종소리가 들렸다. 오랜만에 들어보는 성당의 종소리였다. 그리고 왜였을까. 이나는 설핏 잠든 엷은 꿈속에서 한 소녀를 만났다. 해리였다.

2

이해리
5시간 전

여러분, 아시죠?

생의 마지막을 앞둔 사람이 그리워하는 단 하루는

여러분이 별 볼일 없다고 생각하며

아무렇게나 보내버리는 평범한 그 하루라는 것을요.

항상 명절이 다가오면 우리 친구들은 제일 외로워져요.

하지만 올 추석은 외롭지 않을 수 있으리라 기대해봅니다.

여러분들이 이 친구들에게 사랑만 보내주신다면 말이지요.

아마도 사랑하는 여러분들이

우리 장애인 친구들에게 보내주실 그 상자들 말이에요.

아아, 그 상자 속에는 얼마나 빛나는 것들이 들어 있을까?

해리는 그 생각을 하면 벌써부터 설렌답니다.

오늘 내가 맞는 하루가 아무리 힘겨워도

그것이 가진 귀중한 가치를 생각하고 힘내세요.

해리가 우리 장애인들과 함께 응원할게요.

세상의 온갖 시련을 거치고 이제 날개 돋으려는 저 해리는

오늘도 천사의 날개를 타고 여러분에게 사랑을 보낸답니다.

여러분, 오늘도 사랑하며 살아요.

#엔젤스 윙 장애인 주간보호 센터

한이나는 아직도 그 어둠을 기억하고 있었다. 기억은 어둠 속에서 조각난 형상들로 이루어져 있다. 그날 이후 다시는 그 기억의 퍼즐을 맞춰본 적은 없었다. 마치 우주 공간의 이름을 붙일 수 없이 작은 소행성들처럼 이나의 무의식 속을 떠다니고 있는 그 조각들. 그런데 그날 밤 꿈속에서 기억들은 마치 불길한 징조처럼, 아직 맞춰지기 전 퍼즐 함에 든 활자들처럼 진군해왔다. 그날 어둠은 무진의 안개보다 짙었고 숨이 막혔다. 어디선가 꺼져가던 촛불의 심지 냄새 같은 게 났다. ……처음 들었던 거친 남자의 숨결, 그 소리와 뜨거운 입김을……. 거기에서는 불쾌하고 시큼한 하수구 냄새가 났다. ……그녀는 그날 마치 마법에라도 걸린 것처럼 그 악취의 그물망 속에서 꼼짝할 수 없었다. 한참 후 심부름 보낸 아이들이 돌아오고 아이스크림이 나누어지고, 그리고 모두가 집으로 돌아가는 시간이 되자 한이나는 혼자 집까지 뛰어갔었다. 집이 겨우 보이던 골목으로 접어들었을 때, 그때서야 이대로, 아무 일도 없는 것처럼 집에 들어갈 수 없음을 알았다. 눈물이 나오지는 않았지만 가슴은 세차게 뛰고 있었고 누구에게 목이 졸리고 난 후처럼 숨이 가빠왔다. 그때 그녀는 열일곱 살이었다.

그 후 한이나는 서울의 여고로 전학했다. 엄마와 새아빠가 떠나고 혼자 서울 서초동 이모 집의 한 방에 짐을 풀면서 그녀는 그제서야 안도했던 것 같다. 그리고 그 기억의 뒤편에 해리가 있었다.

　해리는 결코 예쁜 여자아이는 아니었다. 턱선이 완강한 네모를 이루고 있어서 고집이 세어 보였지만 얼굴 전체의 균형을 흐트릴 정도는 아니었다. 한이나가 기억하는 해리는 늘 추워 보였다. 그리 큰 키가 아니었는데도 작아진 스웨터 밖으로 혹은 바지 밑단 아래로 나뭇가지같이 마른 그녀의 팔다리가 삐죽이 나와 있었다. 흐트러진 머리와 어두운 눈빛에는 마치 나는 엄마가 없어요, 라고 씌어 있는 것같이 허연 각질이 일어나 있었다. 그녀의 아버지는 인테리어 업자라고는 했지만 사실 잡역부였다. 해리는 '만득이 종합보수'라는 어설픈 글씨가 씌어진 알루미늄 가건물 안쪽 방에 살았다. 해리는 공부는 잘하지 못했지만 연예인이라든가 가수라든가 하는 사람들이 어딜 가고 무슨 옷을 입고 누가 누구와 사귀는지에 대해 줄줄이 꿰고 있었다. 연예인들이나 드라마 속에서 화려한 삶을 사는 사람들의 이야기를 할 때 해리의 얼굴은 이미 그녀가 동경하는 그 별에 도달한 것처럼 빛났다.

　가슴이 봉긋해질 무렵부터 해리는 몰라보게 통통해지기 시작해 초등학교를 졸업할 무렵에는 이미 뚱뚱한 아이가 되어 있었다. 그녀 둘이 각기 다른 중학교를 배정받은 탓에 버스 정류장에서 가끔 이나와 마주쳤을 때 해리는 늘 무언가를 우물거리며 씹고 있었다. 뚱뚱해서였을까. 그녀의 가슴은 이미 어른처럼 볼록

했고 얼굴엔 여드름의 화농 자국이 가득했다. 키는 이나 쪽이 컸지만 함께 정류장에 서 있으면 해리는 서너 살이나 위인 언니처럼 보였다. 뭐랄까, 해리에게서는 애늙은이 같은 분위기가 풍겼다. 그럴 때 이나는 자기가 전혀 본 적도 없고 알지도 못하는, 자살했다는 해리의 엄마를 마주 보고 있는 듯한 이상한 느낌에 사로잡히곤 했다.

가끔 핀이나 양말 등을 사러 갔을 때 해리는 속옷 가게 주인과 이야기를 나누기도 했다. 문득 돌아보았을 때 중년의 가게 주인은 해리에게서 눈을 떼지 못하고 있었다. 한번은 해리가 물었다.

"아저씨, 제 얼굴에 뭐 묻었어요?"

어이없는 장면을 들키기라도 한 듯 중년의 사내가 '내가 지금 애들한테 뭐 하는 거야' 하는 표정으로 눈길을 떼고 나면 해리는 이나의 손을 끌어 그 가게 모퉁이를 돌아가 배를 잡고 웃었다.

"너 알아? 저 아저씨 나한테 반한 거야, 나한테 빠져버린 거라고."

한이나에게 이해리는 아름다운 소녀가 아니었다. 뚱뚱했고 그래서 가슴만 컸고 꽉 조인 청바지 위로 허리 살들이 삐져나와 있었다. 아, 그런데 그때도 해리의 다리는 젓가락처럼 가늘긴 했던 것 같다.

해리는 우스워 못 견디겠다는 듯 배를 잡고 깔깔거리며 말하곤 했다.

"전에 내가 말했거든. 아저씨, 초록색 팬티 있어요? 제가 지금 입고 있는 게 보라색인데 너무 작아서요. 그러면 그때부터 내 청바지를 바라보더니 얼어붙는 거야. 내 청바지가 아니라 그 속에 든 작은 보라색 팬티를 생각하는 거지. 아우, 웃겨. 재수 없는 것들."

재수 없는 것들이라고 했지만 해리의 기분은 나빠 보이지 않았다.

"해리야, 그런 건 반한 게 아니고 그런 건 널 추잡한 여자라고 생각하는 거야. 그러니까 성추행적 시각으로 바라보는, 그건 그러니까 일종의…… 모욕이야."

한이나는 그런 말을 했던 것 같다. 아니, 하지 않았을지도 모른다. 이미 그 무렵 모범생 이나에게 해리는 같이 다니기에 부끄러운 존재가 된 지 오래였다. 그리고 많은 날이 흐른 후 서울의 여고에 다니던 그녀는 더 이상 해리와 그런 말을 하며 시시덕거릴 수 없었다. 만날 수 있는 것은 방학 때뿐이었고 그나마 성당에서 미사가 끝난 후의 짧은 시간이었다. 어느 해 여름 우연히 마주친 해리는 살이 빠지고 날씬한 처녀가 되어 있었다.

"와, 이뻐졌구나, 해리야."

그녀가 감탄하자 해리가 허리에 손을 올리고 자신의 날씬함을 과시하듯이 한 바퀴 돌며 빙그레 웃었다.

"어때? 이나야, 넌 살 좀 쪘다. 좀 빼야 되겠네. 내가 가르쳐줄까, 비결을?"

해리는 묻지도 않은 말을 했다. 그리고 활짝 웃으며 덧붙였다.

"물만 먹었어, 그 약하고."

"무슨 약?"

해리는 피식 하고 웃었다.

"몰라. 우리 이모가 살 빠지는 약이 있다고 하길래 무조건 달라고 했어. 이모가 하루에 하나 혹은 두 알씩 먹으라고 했는데 나 막 먹었어. 배고플 때마다 그 약을 먹었어."

해리의 눈이 빤짝 하고 빛났다.

"그래도 괜찮은 거야?"

해리가 나를 향해 다시 말했다.

"괜찮지 않으면? 죽기밖에 더하겠어? 내가 그 약을 엄청나게 먹는다고 하니까 이모가 눈을 동그랗게 뜨고 말하더라고. 이 미친것아, 그렇게 먹다가는 신장이 다 문드러져버려, 미쳤어……. 하지만 신장이 문드러지는 게 무슨 큰일이라고. 이 나라에서 가난하고 못생긴 뚱보 여자로 살아가는 것보다는 신장이 다 문드러지는 게 나아. 이나야, 너도 그 약 구해줄까?"

3

해리네 아버지는 온 동네가 다 아는 주정뱅이였다. "사람이 손재주는 있는데 술만 들어가면……"이라는 상투적인 소개 말이 그에게 붙어 다녔다. 어느 날, 이나는 성당 가는 길에 있는 집 앞에서 해리가 맨발로 울며 서 있는 것을 먼발치로 보았다. 학생 미사인 저녁 미사가 시작되기 직전의 일이었다. 왠지 그 앞을 지나가면 안 될 것 같았다. 이나는 먼 골목길을 돌아 돌아 성당으로 갔다. 미사 시간 내내 이나는 그녀의 맨발을 떠올렸다. 해리는 아버지에게 두들겨 맞은 것 같았다. 아니면 가출했다가 아버지가 없을 때만 돌아온다는 오빠에게 말이다. 그날 중·고등부 저녁 미사가 끝날 때쯤 해리는 뜻밖에도 성당에 나타났다. 그녀는 몸에 꼭 붙는 흰 티셔츠를 입고 진홍빛 짧은 미니 플레어스커트를 입고 있었다. 꽉 조인 허리 때문일까, 가슴이 도드라져 보였다. 성당 옆자리에 다가와 성가 책을 던지듯 내려놓으며 해리가 중얼거렸다.

"개새끼."

누구를 지칭하는지 알 수 없었지만, 아까 해리가 울고 있는 것을 보았기에 이나는 최대한 예의 바르게 '무슨 일이 있었느냐'고 물었다.

고개 숙인 해리의 옆모습으로 긴 머리가 반쯤 내려와 그녀의 실루엣을 가려주었는데 그 사이로도 그녀의 악문 입술이 경련을 일으키는 게 보였다.

"해리야."

이나가 부르자 해리는 장궤틀을 내려 무릎을 꿇고 기도하는 자세로 고개를 숙였다. 이끌리듯 이나도 그녀 옆에 무릎을 꿇었다. 두 손을 모으고 눈을 감은 채로 해리가 중얼거렸다.

"날 덮치려고 했어, 그 새끼가! 술 처먹고 와서…… 어떻게 날!"

해리의 마주 잡은 두 손은 이제 핏기가 가실 정도로 힘이 들어가 있었다. 이나는 더 묻지 않았다. 그건 아마도 그녀의 오빠, 집을 나가 떠돌다가 아버지가 출타하면 귀신같이 그 틈을 타서 집에 들어와 해리를 때리고 돈을 빼앗아 간다는……. 그런데 이제 그 오빠라는 작자가 그녀를, 아, 하느님 맙소사! 이나는 그때 약간의 공포와 연민을 동시에 느꼈다. 언제나 해리를 보고 있으면 그랬다. 해리 주변에서는 모든 상식이 힘을 잃었다. 해리 주변에는 일어나지 못할 일은 없었다. 날것, 혹은 정글……. 그것이 주는 공포 때문에 그녀를 떠나고 싶었지만 연민이 언제나 그것을 막았다. 아주 멀리 떠나지는 못하게 막았다. 아주 나중에 생각했는데 해리도 그것을 알고 있었다. 어쩌면 아주 잘.

가을이었고 저녁이 일찍 내려 좀 추웠던 기억이 난다. 바람이 불었고 이나는 문득 해리가 얇은 옷을 입고 춥지 않을까 싶었는데 해리의 진홍색 스커트가 커다란 연꽃처럼 가을바람에 부풀어 올랐다. 해리의 젓가락 같은 다리가, 아무리 살이 쪄도 잘 두꺼워지지 않는 그녀의 젓가락 같은 다리가 그 부푼 연꽃 같은 스커트 아래로 드러났다. 맨다리는 추워 보였다. 아주 뒷날까지도 해리는 늘 스타킹도 잘 신지 않고 그 맨다리를 길게 드러내놓고 다녔다. 늘 미니스커트를, 자주 핫팬츠를 입었다. 그녀의 다리는 특별한 느낌이 났다. 뭐랄까. 날것의, 어쩌면 헐벗은…… 어쩌면 원시의 그리고 설익은 야만의.

그렇다, 이제야 기억이 난다. 왜 그날을 기억하는지……. 이나는 그날도 해리가 지난번 그녀의 아버지가 그녀를 때린 날처럼 이나의 집으로 따라와 "이나야, 나 너무 무서워. 네 방에서 하루만 재워줘. 넌 침대에서 자도 돼. 난 그 밑에서 그냥 담요만 하나 깔고 잘게" 하며 떼를 쓸까 봐 미리 겁이 났었다. 그런데 그날 해리는 다른 말을 했다.

"너 봤어? 새로 오신 신부님."

해리가 말했다.

"우리 성당으로 오실 거래. 요번에 서품받으시고 처음 오셨대. ……아까 사무실에서 인사했어. 잘생겼더라. 이름이 백진우 시몬이야……. 이름도 뭔가 로맨틱하지, 응?"

해리가 다시 말을 이었다.

"아까 우리 학생들 미사 끝나고 떡볶이 사주신다고 했어. 우리 가서 떡볶이 사달라고 해볼까?"

그날 떡볶이를 먹었던가? 그날 새로 부임한 백진우 신부가 주일학교 선생님들과 학생들을 데리고 가 떡볶이를 먹었을 때 이나는 해리의 가슴, 이미 불룩하게 솟아나 있고 앞쪽의 골이 보이도록 파인 해리의 옷이 자꾸 신경이 쓰였던가? 그래서 공연히 제점퍼를 자꾸 여미었던가? 떡볶이의 붉은 국물이 뚝, 하고 해리의 흰 티셔츠 위로 떨어져 내리고 만 것이 그날이 맞던가……. 그때 백 신부가 물수건으로 해리의 가슴팍을 닦아주었었다. 기억이 부서진 활자처럼 밀려왔다. 잘 모르겠다. 아니 그것은 현재의 이나가 조합해낸 기억일 수도 있겠다. 그래도 다 틀리지는 않다는 것을 이나도 알고 있다. 뭐랄까, 굳이 설명을 하자면 아무 일도 아닌데 보고 있기에는 얼굴이 뜨거워지는 어떤 장면이 있다. 그것은 단순한 행위가 아니라 그 뒤편의 심리적인 배경들, 그러니까 행위를 결정하는 타락한 의도를 보고 말아버렸을 때, 보이지 않고 표현되지 않는 영혼의 불온한 동요를 보아버린 그런 느낌.

백 신부는 얼굴이 아주 하얀 사람이었다. 키는 좀 큰 편이었고 말라서 전체적으로 구부정해 보였다. 눈도 그만하고 코도 오뚝했는데 어딘가 균형이 맞지 않아 잘생겼다고 하기는 힘들었지만 그런대로 흰 얼굴빛은 그 이목구비의 부조화를 상쇄하고 있었다. 하지만 가끔 마주치면 웃어주던 그 음울한 눈빛이 이나에게는 축축하고 어두운 인상을 남겨주었다. 왜 젊은 신부에게 그런 인상을 가졌을까. 그것도 훗날 윤색된 기억일 수도 있지만 어쨌든 첫날 백 신부가 어린 이나의 가슴을 설레게 할 조금의 여지를 주지 않았던 것만은 확실했다.

"네가 그 유명한 오승화 화백의 딸이구나."

처음 학생들을 소개하는 자리에서 그는 그렇게 이나에게 말을 건넸었다. 한이나는 '그 유명한 오승화 화백의 딸'이었으니까 말이다. 그리고 이나의 새아빠는 '무진 대학교 예술대 학장'이었으니까. 그렇지 않았다면 훗날 서울의 여고에 진학했다가 가끔씩 무진에 내려오는 한이나와 마주칠 때마다 그가 아무 일 없었다는 듯 이런 말들을 하지는 않았을 것이다.

"요즘 어머니는 성당에 나오시지 않는 것 같던데…….아, 외국 가셨구나…….한 교수님도 같이 가셨니? 두 분은 외국 여행을 자주 하시나 보구나. 이번에도 유럽? 참 좋겠다. ……어머니가 오실 때 무슨 선물을 사 오시니? 오시면 안부를 전해드리렴. 그분의 그림을 어릴 때부터 좋아하고 있다고. 참 좋아하고 있다고 말이야."

그러고 보니 시간이 더 흐른 후 서울의 고등학교로 전학을 갔던 이나가 방학 때 무진 집으로 내려가면 백 신부는 가끔 집으로 전화를 했다. 이나는 그 당시 여고생들이 흔히 가지고 있지 않던 휴대폰을 가지고 있었다. 백 신부도 그걸 잘 알고 있었다. 이나의 휴대폰을 만지작거리며 한참을 부러워하는 듯한 얼굴을 한 적도 있으니까. 그런데 백진우 신부는 꼭 집 전화번호로 전화를 걸었다. 용건은 별로 없었다. 이나는 그가 왠지 자신의 엄마와 통화하고 싶어 한다고 느꼈다. 엄마는 백진우 신부의 전화를 받고 나서 이나에게 수화기를 건네고는 통화가 끝나기를 기다렸다가 미소를 띠며 말하곤 했다.

"오래전부터 날, 아니 내 그림을 좋아했다고 하네. 젊은 분이 어떻게 그림을 잘 아는지……. 지난 부활절 때는 달걀을 한 바구니 가지고 찾아왔더라고. 차 한잔 마시고 가라고 그렇게 권해도 그냥 가대. 그래서 내가 그 후에 와인을 한 병 보냈지. 그랬더니 성경책을 하나 사서 다시 찾아왔어. 젊은 신부님이 신앙심도 깊고 그 적은 월급을 쪼개 불우 이웃도 몰래 도우시는 모양이야. 정말 보기 드물게 훌륭한 사람이야. 멋지더라. 저런 사람들만 신부 했으면 내가 왜 냉담을 했겠니. 보아하니 가난한 집안 출신이라 돈도 없고 가톨릭 신부를 삼촌으로 두지도 않아서 교구에 백도 없으니 똑똑한 사람이 유학도 못 간 모양인데……. 봐라, 엄마 말이 틀림없을 테니. 저 사람 무진 교구에서 큰 인물이 될 거야. 엄마 그림 갖고 신앙이 있네 없네 무식한 소리 하던 그 멍청한 주교가 저런 신부를 알아나 보는 눈이 있을는지, 원."

그럴 때 이나는 어떤 표정을 지어야 할지 알 수 없었다. 그래서 그냥 재미없고 관심 없는 표정을 지었다. 그리고 마음속으로 혼자 생각하곤 했다.

'엄마는 언제나 그렇듯 사람 보는 눈이 꽝이야!'

한이나가 서울에서 고등학교를 다니다가 방학에 내려올 때마다 백진우는 조금씩 더 '훌륭한' 신부가 되어 있었다. 어느 날인가는 해리가 사진을 보내왔는데 무진의 대학부 청년들이 성당에 꽉 차 있는 모습이었다. 무진 가톨릭 대학 병원 옆 무진 교구 주교좌성당이었다.

이나야, 보여? 신부님이 한마디만 하시면 온 무진의 대학생들이 들썩인다. 멋져!

소녀들의 모든 우정이 그렇듯 어느 날부터인가 이나는 차츰 그녀와 멀어졌다. 서울과 무진의 거리도 작용했으리라. 아니 그보다 두 소녀가 처한 처지의 거리가 더 작용했을 것이었다. 서울의 한 소녀가 극단적 채식주의자인 비건들도 먹을 수 있는 청담동 아이스크림집에 대해 이야기하면 한 소녀는 알아듣지 못했다. 해리가 말하는 돼지 껍데기 구잇집에 이나는 관심이 없었다. 그 무렵 이나는 열렬한 베저테리언이 되어보려고 비건 케이크를 파는 곳을 검색하고 있는데 해리는 오늘 소고기를 먹었다고 자랑하듯 편지를 보냈다. 한번은 이나의 생일날 해리가 소포를 보내왔다. 조개껍데기였다. 아주 조그만 바구니에 하얀 솜을 깔고 조개껍데기 몇 개를 색칠해놓은 것이었다. 거기에는 '고향, 내 영혼의 베개', 이런 따위의 말이 써있었다. 좋게 말하면 바다 내음이고 나쁘게 말하면 바다 비린내가 훅 하고 끼쳐왔다. 이나는 주저하지 않고 그 선물을 쓰레기통으로 던져버렸다. 아마도 그 무렵이었을 거였다. 해리가 그 편지를 보내온 것이.

이나야, 너 소식 들었어? 백 신부님이 발령이 나셨어. 이제 곧 우리 성당을 떠나셔. 나 오늘 사제관으로 찾아가서 백 신부님께 말씀드렸어. 나 죽도록 한번 해볼 테니, 그래서 대학 붙을 테니, 대학 가게 해달라고…… 도와달라고. 신부님 말씀하시더라.

"해리야, 그러고 싶은데 신부님이 힘이 없어."

그래서 내가 말했지.

"신부님, 신부님 돈 없으신 거 저 알아요. 그런데 신부님, 신부님은 돈 많고 권력 있는 분들을 많이 알고 계시잖아요? 그분들께 저를 좀 양녀라도 삼아달라고 해주세요. 저 밥도 잘하고요, 저 다 잘해요. 저 밤이면 춤도 춰드릴 수 있어요……"

신부님이 뒤로 한 발자국 물러나시더라고. 그러고는

"해리야, 신부님이 미안한데, 짐도 싸야 하고 주임 신부님이 부르시면 가야 하니 그만 돌아가거라."

이러시더라고. ……이나야 너무 서러웠어, 엄마가 살아있었다면 내가 이런 처지가 되었을까? 내가 주정뱅이에 무능한 아버지만 만나지 않았다면 내 삶이 이랬을까? 나는 왜 이 그지 같은 나라에 가난뱅이 집에서 태어나 이런 일을 겪어야 하니? 대학 가고 싶어. 이나야, 너희 엄마에게 부탁 좀 해줘. 너희 새아버지도 무진 대학교 높은 사람이라며? 내가 뭐라도 한다고! 내가 죽는 거 빼고 다 할 테니 나 등록금만 대주시라고……. 나 돈 조금만 주시라고. 너희 식구들에게는 그 돈 아무것도 아니잖아. 나 혼자 이 무진에 남겨지기 싫어. 나도 너처럼 서울로 가고 싶어. 청담동하고 압구정동하고 강남역에서 아이스크림하고 수제 버거 사 먹어보고 싶어. 이나야, 나는 여기 있는 게 싫어. 죽기보다 싫어. 신장이 문드러지는 것보다 싫어.

이나는 편지를 얼른 봉투에 넣고 풀로 대충 붙이고는 우체통으로 향했다.

4

엄마가 암 수술을 받으러 무진 가톨릭 대학 병원에 처음 입원했을 때만 해도 이나는 무진에 오래 머무르게 될 거라곤 생각하지 않았다. 그때는 엄마 수술에 맞춰 미리 휴가를 신청해 두었던 것이다. 뜻밖에도 엄마는 편안해 보였다.

"의사 선생님께 과잉 진료는 하지 말아달라고 부탁드렸고, 의료사고가 있어 설사 도중에 죽는다 해도 책임을 묻지 않겠다고 말씀드렸어."

엄마가 입원한 병실 창으로 햇살이 비스듬히 스며들어와 엄마의 등을 비추고 있었고 역광으로 드러난 엄마의 짧은 머리는 금발같이 빛났다. 엄마는 연극 무대 위의 늙은 여배우같이도 보였다.

"이왕 살려고 수술할 거면서 뭐 하러 그런 말을 하고 그래?"

목이 꾸역꾸역 메어오는 것 같아서였을 것이다. 이나의 목소리는 아주 퉁명스러웠다. 눈물을 감추는 데는 퉁명이 그중 나았다.

"이나야……. 엄마가 요 몇 달 생각해봤는데, 괜찮았어. 엄마의 삶 말이야. 나도 내가 이런 생각 할 줄 몰랐는데 그렇더라고. 재미도 있었고 나름 열심히도 살았어."

산다는 게 과연 뭘까 하는 생각은 그 후로도 오랫동안 들었다. 여자의 인생은 무엇일까 하는 생각도 그랬다. 엄마는 이제 삶의 출구로 다가가다가 돌아보았겠지. 엄마는 결혼을 두 번이나 했다. 한 번은 이혼으로, 한 번은 사별로 끝났다. 그때마다 엄마는 창자가 끊어지는 듯 울었다. 그리고 그때마다 엄마의 어깨는 더 처졌다.

"처음 이혼했을 때 물감을 사서 그림을 그려야 하는데 그 돈이 딱 네 분유 값인 거야. 젖도 같이 먹이고 있었는데 넌 먹성이 좋아서 내 젖 가지고는 턱도 없는 거야. 네가 배가 고파 우는데 눈 딱 감고 물감을 샀어. 이걸 분유 사는 데 써버리면 우리 둘 다 죽어버릴 것 같아서……. 그리고 그랬지. 중얼거렸어. 우선 제가 살게요. 하느님도 아시지요? 비행기 사고가 나면 우선 자기가 먼저 산소마스크를 쓰고 그다음에 아이나 노약자에게 마스크를 씌워주라고 하잖아요. 어쭙잖은 동정심으로 우물거리다간 둘 다 죽을 테니까요. 하느님, 그래도 솔직히 무서워요. 애가 굶어 죽지는 않겠죠? 인간을 조금은 강하게 만드셨지요? 제 젖으로 배가 조금 고파도 참을 수 있게 해주시겠죠? ……별별 기도를 다했지. ……하느님이 기도를 듣고 나 말고 착한 네 이모에게 뭐라 하셨는지 다행히 네 이모가 적금 깬 돈을 주더라고. 염치 없이 동생 돈을 받아 널 업고 분유를 사러 뛰어갔어. 그리고 쿠션에다 널 뉘어 젖병을 물려놓고 그림을 그렸어. 붓질 한번 할 때마다 빌었지. 도와주세요. 아이를 업고 무진 바다로 뛰어들긴 싫다고요. ……저 바다는 얕아서 무진장 들어가야 죽을 수 있어요.”

엄마는 웃었다. 그런 세월이 있었다고 했다. 그런데 이제 와서 보니 괜찮다고? 무엇이 괜찮았다는 말이었을까.

“어젯밤에 깊은 바닷속으로 들어가는 꿈을 꾸었어.”

엄마가 말했다. 이나의 가슴이 철렁했다.

“바닷속이 생각보다 환했어. 거기서 커다란 소라를 주웠단다. 예뻤어.”

눈물이 쏙 들어가버리는 느낌이었다. 이나는 늘 하듯 말했다.

“그래? 태몽? ……나 동생 보는 거 아냐? 엄마, 암이 아니라 임신 아니야?”

엄마와 이나는 언제나처럼 부질없는 말을 몇 마디 더 주고받으며 킥킥 웃었다. 문득 오늘 죽는다 해도 삶은 그것이 멈추는 순간까지 어쩌면 놀랍게도 평범할 수 있겠다, 라는 생각이 들었다. 그리고 거꾸로 그것이 마지막인 줄 모르고 겪는 마지막은 얼마나 큰 축복일까 싶었다. 그런 삶이 가장 빛나는 것이 아닐까. 잘 알 수 없지만 영원, 이라는 거창한 단어가 입술가를 스윽 스쳐갔다. 엄마가 그런 이나의 손을 잡고 다시 말했다.

“이나야, 가만히 생각해봤는데 나 충분히 살았어. ……충분하고 참 좋았어."

엄마가 다시 말했다. 이나는 기어이 울고 말았다. 엄마가 안타까워했다면 오히려 담담했을지도 모르겠다. 그러나 엄마가 이제 충분하다, 고 하자 눈물은 터져버렸고 그러지 않아야 한다고 생각하니까 울음소리는 더 커져버렸던 것이다.

그렇게 많이 울고 이나는 자신이 큰 병이라도 겪어낸 것처럼 훌쩍 커버렸다. 사람이 성장하는 데는 시간이 필요한 게 아니라 시간의 종말을 의식하는 것이 필요함도 알게 되었다. 무엇이 중요하고 무엇이 그다음인지 기준이 바뀌어버렸던 것이다. 그래서 이나는 그날 오후 회사에 메일을 보냈다.

엄마가 아무래도 심리적으로 어려운 상태이신 것 같아요. 긴 휴가를 내야 할지도 모르겠어요. 죄송합니다. 전 엄마의 하나밖에 없는 딸이고 엄마 곁에는 아무도 없어요. 마지막을 함께해드리지 못하면 평생 후회하게 될 거 같아요. 어떤 조치든 회사의 방침에 따르겠습니다.

의사 선생님께 과잉 진료를 하지 말아달라고 호기롭게 부탁했던 엄마는 그러나 과잉 진료조차 받지 못하고 있었다. 수술을 앞두고 받은 검사에서 엄마의 간 수치는 이해할 수 없는 선까지 치솟았다.

"글쎄, 스트레스 같아요. 아주 심한……. 이런 경우가 왕왕 있죠. 환자들이 수술 자체를 죽음으로 여길 수도 있고요. 여기 보시면 알겠지만 에이에스티(AST) 수치가 백육십까지 치솟았어요. ……정상이 오십이고 육십에서 팔십 사이만 되어도 어떻게든 수술을 해보려고 했는데 이건 좀……. 너무 스트레스 받지 않게 잘 위로해주시고 며칠 더 두고 봅시다."

주치의인 김 박사는 담담하게 말했다. 엄마의 병실로 돌아가 이 소식을 전하자 엄마의 얼굴은 아주 어두워졌다. 이나는 잠시 심각한 얼굴로 엄마를 빤히 바라보다가 갑자기 무슨 생각이 떠올랐는지 큰 소리로 웃었다.

"엄마……, 이제 보니 속으로 엄청 겁나는구나. 나한테는 아무렇지도 않다고 큰소리치더니!"

엄마가 약간 놀란 듯 이나를 잠시 째려보더니 함께 웃었다.

"무섭지. 아니라고 하면 거짓말이지. 그런데 이나야, 진짜야. 난 마음으로는 아니, 머리로는 생각했어. 진짜 괜찮다고……. 그런데 몸이 그렇지는 않은가 봐. 나도 당황스러워."

그리고 엄마는 말끝에 덧붙였다.

"인간이란 얼마나 약하니……. 자기 자신조차 속이기 쉬운 존재냐고."

5

그날 오후 엄마가 먹고 싶다는 죽을 사러 병원에서 내려가던 길에 이나는 한 여자와 마주친다. 무진 가톨릭 대학 병원은 무진 가톨릭 교구청과 나란히 있었기 때문에 그 여자가 거기서 있었으리라. 그 자리면 병원과 교구청에 드나드는 모든 사람들을 다 볼 수 있기 때문이었을 것이다. 늘 한두 명이 억울하다고 못 살겠다고 피켓을 들고 서 있는 자리. 그건 어떤 섭리였을까. 여자는 약간 더운 늦여름의 햇볕 아래서 니트 모자를 쓰고 있었다. 교구청 앞의 시위는 서울이든 무진이든 흔한 것이었다. 그런데 여자가 들고 선 피켓에는 그녀의 어린 시절의 망령을 불러내는 이름이 씌어 있었다.

무진 교구 백진우 신부를 징계해주세요. 저희 딸이 그 신부 때문에 죽었습니다.

작은 인터넷 신문사에 다니는 한이나에게는 우선 그 징계가 아니라 '징게'라는 말이 걸렸을 것이다. 직업병이라면 직업병 때문에. 예를 들어 이름 '짓는' 집이라든가 '떡복이'라든가 하는 맞춤법이 틀린 단어를 견디지 못하는, 활자를 다루는 사람들의 직업병 말이다. 어찌 되었든 그런 이유 때문에 그녀의 피켓을 유심히 보게 된 한이나는 그녀의 앞을 지나갔다. 그런데 이상하게도 그 피켓 앞을 지나가던 그 순간, 그리하여 무심히 서 있던 모자 쓴 중년의 여인이 고개를 들어 지나가는 한이나를 의식하는 그 짧은 순간이 이나에게는 슬로비디오처럼 느리게 느껴졌다. 멀쩡히 눈을 뜨고 있는데도 눈앞의 풍경이 슬로비디오처럼 느껴진 것은 평생을 통틀어 그때가 처음이었다. 참 이상한 일이라고 훗날까지 이나는 생각했다. 니트로 짠 모자를 쓴 그녀와 이나의 눈이 천천히 마주쳤다. 그녀의 눈은 슬펐고 절박한 슬픔을 가진 자들이 그렇듯 분노의 푸른 불을 담고 있었다. 그녀도 이나의 눈빛에서 무언가를 느꼈다고 이나는 생각했다. 그리고 한이나가 알아차린 그것을 그녀도 알아차린 것을 이나는 또 알았다. 그때 이나의 발길은 이미 그 피켓을 지나치고 있었다. 뒤돌아보지 않았지만 그녀의 눈길이 자신의 뒤통수에 머무는 것을 알 수 있었다. 문득 이나는 이 무진에서의 체류에 어떤 특별한 일이 일어날 것을 알았다.

야채죽을 사서 병실로 돌아오는 길에 이나는 다시 한 번 그녀를 지나쳐야 했다. 자신도 모르게 몇 발짝 앞서부터 그녀가 의식

되어 이나는 외면하듯 고개를 숙였다. '무슨 일인지 너무 깊이 알고 싶어 하지 말아' 하고 머리가 말했다. 하지만 돌이켜보면 '너는 이 일을 피해가서는 안 된다' 하고 영혼이 말하고 있었는지도 모르겠다.

"저기요."

겨우 그녀를 지나쳐 두 발짝쯤 갔을까? 그녀가 이나를 불러 세웠다. 그렇게 운명이 내게로 왔다, 라고 이나는 나중에 친구 지희에게 말했다.

"도와주시소. 저희 딸이 죽었어예."

여자는 진한 경상도 사투리를 억제하지도 않고 말했다.

"챙피스러버 죽겠는데 여기서 석 달째 이러고 있습니더. 슨생님, 저 나쁜 사람 아닙니더. ……딸은 죽고 지도 암 환자라예……. 항암 치료 때문에 머리가 하나도 없어서 이 더분데 모자를 쓰고 있어예. ……도와주시소. 저는 무진에 아는 사람이 없어예, 하나도 없어예. ……하지만 우리 딸 죽고 났는데 눈에 비는 게 없다 아입니꺼? 여기 사시믄 백진우 신부를 아시겠지예? 여기서 엄청시리 유명하다 카든데……. 유명하믄 모하노, 아무도 아는 체를 안 합니더. 지도 마 콱 죽고 싶어서……."

이나가 말을 듣고 있다는 것을 알아차리자 여자는 오래오래 참았을 눈물을 터뜨렸다. 약간 부은 듯한 얼굴이 젖은 빨래처럼 구겨지며 눈물이 흘러내렸다. 눈물은 그동안 이 악물고 지탱하던 그녀의 힘을 앗아갔고 그녀는 곧 무너지듯 주저앉았다. 이나는 자기도 모르게 무너지는 그녀의 팔을 잡았다. 무너지는 그녀가 이나의 팔을 움켜잡았다. 무척이나 센 힘이었다. "왜 하필 제게?"라는 말을 묻기도 전에 이나는 방금 전 도착한 팀장의 문자 메시지를 떠올렸다.

월요일 날 전체 회의 열리면 한 기자 일을 의논해서 처리할게. 어머님께서 어서 나으셔서 한 기자가 다시 복귀하면 좋겠다. 우리 모두 걱정하고 있어. 힘내고!

여자는 눈물을 그치지 않았다. 이나는 자신이 그녀에게 사람이 물에 빠졌을 때 잡는다는 그 지푸라기가 된 것을 알았다.

"도와주시소. 너무 힘이 들어 저도 우리 딸 따라 콱 죽어버리고 싶어예. ……죽기 전에 그놈을 잡아야 합니더. 슨생님, 도와주시소."

"저기요……."

이나는 잠시 그녀의 손길을 뿌리치려는 노력을 하다가 말았다. 어찌 되었든 그녀의 이야기를 한번 들어본다고 나쁠 일은 없을 것 같았다. 백진우는 그녀에게 여전히 불길하고 어두운 동굴 깊숙한 곳에서 숨 쉬는 명사였던 것이다.

"제가 얼마나 도와드릴 수 있을지는 모르지만……. 힘내세요.

제가 엄마 죽만 좀 가져다드리고 다시 올게요. 그만 우시고요."

"미안합니더, 미안합니더……. 너무 서러분께 고만……. 꼭 약
속 지키실 거지예?"

"예."

그녀가 이나의 팔을 놓지 않은 채 물었다. 그 움켜쥔 힘의 절박
함 때문이었을까, 아니면 그녀가 불러낸 백진우 신부에 대한 호
기심 때문이었을까. 이나는 그만 그렇게 말해버리고 말았다. 그것
이 시작이었다.

6

"딸은 좋은 대학을 다녔어예. 경영학과였어예."

여자는 최별라라고 자신을 소개하며 자신의 휴대폰 속에 있는 딸의 사진을 보여주었다. 엄마를 많이 닮지는 않았지만 무척 심지가 있어 보이는 인상의 젊은 여인이었다.

"성함이 '별라'?"

기자라는 정체성은 이런 때도 나오는 법이어서 그녀의 어려운 이름을 하나하나 발음하며 새기고 있는데 그녀가 다시 말했다.

"예, 별라입니다. 원래 영세명이 베르나뎃다인데 그걸 한자로 호적에 올리려니 우리말로 별라라고, 저희 집이 부산에서 오래된 천주교 신자 집안이라……. 다들 절 별나라고 부릅니다. 그냥 다 별나야 합니다. 제가 좀 별나다고……. 헤헤."

여자는 그 와중에 잠시 웃었다. 보조개가 들어가는 얼굴이 그제서야 귀염성 있는 아주머니로 보였다. 이나도 "아, 예"하며 잠시 웃었다. 이나로서는 작은 이모뻘 되는 사람이었다. 자신의 딸은 서울에서 학교를 다니고 있었다며, 그녀는 말을 시작했다.

"이명박이 대통령 시절쯤인가, 우리 딸은 나꼼수 팟캐스트를 듣고 정봉주 의원의 팬이 되고 그리고 시위에 쫓아다녔어예. 학점이 모자라 더 학교를 다닐 수 없게 되니께 휴학을 하고 집으로 오더라고예. 속이 터지는 걸 꾹 참고 지 속이야 내보다 더하겠지 싶어 잔소리도 참고 있는데 방 안에서 꼼짝 않고 앉아 있다가 '엄마, 나 어디 좀 가야겠어', 이라는 거라예. 그래 지가 '어데 가노?' 하니께 '엄마 좋아하는 데 가. 성당에' 합디다. 참말로 이제 저것이 컸다고 철이 드는갑다, 이게 웬일인가 싶어 지는 좋았지예. 그런데 그냥 우리 동네 성당을 가는 게 아니라 백진우 신부님을 도와야 한다 카믄서 무진으로 간다 카대예. ……그러더니 같이 팽목항도 가서 내한테 사진도 보내고 집에 앉아 노란 리본도 만들어 쌓고 그러더니 어느 날 가출을 해버렸어예. ……찾아 나섰더니 무진 교외의 어느 장애인 단체에서 봉사를 하고 있더라고예."

거기까지는 그냥 아무 일도 없는 젊은이들의 착한 방황일 수 있겠다 싶었다. 그것이 왜 자살을 해야 하는 이유인지 그리고 백진우 신부와 무슨 상관이 있는지 알 수 없었다.

"지도예, 속은 막 상하지만도 중·고등학교 때 그르케 나가라고 고사를 지내도 안 나가던 성당 나가고 장애인 봉사 한다 카니께 뭐 더 말릴 수가 없었어예. 지 꽉 막힌 엄마 아닙니다. 젊은 애가 그럴 수도 있지예. ……무슨 시국 미사 한다 카고 팽목항도 간다 카고……. 그래도 그게 방구석에서 디비져 있는 것보다 낫다 싶어 참았어예. 그런데 어느 날부터 자꾸 돈을 요구하는 거라예. 솔직히 우리가 그 애를 늦게 놔놓아서 애 아빠 이미 퇴직했심더. 지금 쥐꼬리만 한 연금으로 겨우 애 대학이나 마치게 할까 싶었는데……."

"용돈이나 뭐 그런 게 아니고요?"

최별라가 한이나를 빤히 바라보았다.

"그런 거믄 아빠 몰래 제가 줄 수도 있었겠지예. 그게, 아이고 참, 슨생님, 초면에 제가 무슨 이런 말씀을 다 드려도 될지……."

최별라는 다시 울었다. 눈물은 계속 솟아나고 있어서 어쩌면 굵은 땀방울처럼도 보였다. 앞에 놓인 페퍼민트 차가 식어가고 있었다. 이나는 그제서야 명함을 내밀었다.

"아실지 모르겠지만 인터넷 매체인데요, 뉴스텐이라고. 여기 근무하고 있어요. 어머님 병환 때문에 잠시 내려왔고요."

최별라는 갑자기 성호를 그으며 눈물을 터뜨렸다.

"기자시라고예? 오, 주님……. 감사합니다. 성모님께 간절히 기도했어예. 누군가를 보내주시든가 차라리 저를 우리 애 있는 하늘로 데려가시든가 하라꼬요. 이 매체 알아예, 딸 때문에. 딸을 조금이라도 이해하려고 저 스마트폰이 닳도록 검색을 했거든예. 알죠. 뉴스텐, 좋은 데잖아예."

이 척박한 무진에서 자신이 종사하는 진보 성향의 작은 인터넷 매체를 아는 사람을 만나는 것은 그리 기분 나쁜 일이 아니었다. 비록 가정 사정으로 인해 긴 휴직을 하거나 곧 그만두게 될지도 모르는 직장이지만 말이다.

"한번은 그놈의 기집아가 집에 있던 목돈을 들고 나갔어예. 우리가 평생 모은 돈으로 쬐마난 점방을 하나 샀는데 세 든 사람이 나갔거든예. 새로 온 사람이 준 보증금 이천만 원을 들고……. 하필 그 인간이 은행계좌가 어찌 되었담서 그걸 빳빳한 지폐 오만 원짜리로 준 거를 그 기지배가 우찌 알고 들고 나간 거라예."

말은 계속되었다.

"물어물어 백진우 신부라는 사람을 찾아갔지예. 그 애가 백진우 신부 강연 동영상을 틀어놓는 걸 몇 번 본 일이 있었어예. 한번은 내가 '아야, 누군데 그리 매일 예수님 말씀 맨쿠로 틀어놓고 사나?' 물었더니 백진우 신부 유튜브라는 거라예. 딸애 말이 '엄마, 이분은 그냥 신부가 아니야. 알제? 요즘 교회가 부자와 가진 자들 편인 거. 그런데 이 신부님은 아냐. 엄마 나는 백진우 신부님을 보고 있으면 예수님을 보는 것 같아.' 이랬던 거라예. ……그래 여기 무진까지 왔으예. 백 신부가 반색을 하믄서 놀라더라고 예. 그런 일이 있을 줄 몰랐고, 알았다면 타일러서 못 하게 막았을 거라면서 우리 딸이 있는 곳을 알려주었어예. 자초지종을 말씀드렸더니 여기저기 전화를 하더니 그 돈은 이미 장애인 단체에 다 들어가서 찾을 수는 없는데 어쩌면 좋으냐고 을마나 저에게 사죄를 하든지예, 그 나쁜 놈의 신부 새끼가! 그때 깜쪽같이 저를……. 슨생님예 죄송합미더……. 슨생님, 이해해주이소. 지는 가톨릭 순교자 집안의 자손입니더. 제가 부산 동래에서 부산 최초로 생겼던 가톨릭 성모 유치원 일 회 졸업생이고 즈이 할아버지는 평신도 회장이셨어예. 그런 지가 이제 말합니더, '그놈의 신부 새끼가!'라고예."

최별라는 격앙된 감정을 추스르기 위해 잠시 말을 멈추었다.

"그래 저, 이 빙신이."

최별라는 자신의 가슴을 쳤다.

"이 빙신이 그 신부가 하느님인 줄 알고 머리를 얼마나 조아렸는지 아십니꺼? 그때 그 더러분 인상을 탁 알아보고 딸을 끌고 나왔어야 했는데……. 백 신부가 무진 교외 한 장애인 단체를 소개해줬어예. 찾아갔지예. 우리 딸이 거기서 있더라고예. ……집에 가자 캐도 안 온다 카는 겁니더. 무슨 소리를 해도 쇠심줄 같았어예……. 아이가 딴사람이 된 것 같고 선생님예, 와 그런 거 있지 않습니꺼, 신천지나 그런 데 가믄 애들이 얼굴이 가면맨치로 딱딱하게 변함서 이상해지는 거. 꼭 그런 느낌이 들었어예……. 그래 백 신부님도 네가 엄마 아빠 말 안 듣는 거는 싫어하신다 하니께네 그때 처음으로 망설이는 얼굴을 합디다. ……그렇지만도 자기는 여기서 삶의 보람을 찾았다 캄서……. 결국 지는 혼자 집으로 갔지예, 애 아빠는 난리가 나고……."

최별라는 잠시 말을 멈췄다. 가쁜 숨이 힘겹게 허덕였다. 한이나는 자신의 잔을 들어 식은 차를 한 모금 마셨다.

"그날로부터 딱 석 달 후일 거라예. 비가 억수같이 쏟아지는 밤이었는데 뭐가 딸그락딸그락 소리가 나길래 현관으로 나와봤더니 우리 딸내미가 비를 흠뻑 맞고 들어섰어예. 슨생님, 그때 제 가슴이 너무 철렁하는 거라예. 생각해보니 그때 애가 이미 유령같이 변해있었어예……. 얼굴은 더 딱딱해지고 몸은 형편없이 여벼갔고…… 비에 젖어서……. 그날 그마 애 아빠가 애를 죽도록 때려빘심니더. ……그러고 나서 일주일 동안 방 안에 있다가 사라졌는데 뒷산에서 그만……."

여자의 울음소리가 오래 계속되었다. 하는 수 없이 이나가 물었다.

"메모해도 괜찮겠습니까?"

여자가 대답했다.

"야, 하이소. 얼마든지예."

이나는 메모장에 세 단어를 썼다. 최별라, 백진우 신부 그리고 그녀의, 지금은 고인이 된 김민주, 라는 이름을. 아직 어떤 정황도 파악되지 않았다.

잠시 입술을 떨던 최별라가 다시 말했다.

"……슨생님, 딸아이는 임신 중이었어예."

여자는 두 손으로 얼굴을 가리며 울었다. 이나는 머리를 얻어맞은 듯했다. 하지만 아직 어떤 선입견도 가져서는 안 되었다.

"그럼…… 부검을 하신 결과?"

"슨생님, 죽고 싶습니더……. 그때 그 DNA를 채취해서 범인 놈을 잡았어야 하는데 애 아빠가 애를 데려다가 화장을 해버렸으예. 남사스럽다고 치아삐리라고……. 그 화를 이기지 몬하고 애 아빠 결국 쓰러져 아직껏 요양원에 있어예. ……애 아빠 그 화상이 이제사 말합니더, 우리 딸 원한을 풀어주라고. 하지만 벌써 사라져버린 육신에서 무엇이 나오겠습니꺼. 저희가 이르케 어리석어예. ……그래서 뒤졌는데 아이가 죽고 난 후 방에서 이런 게 나왔어예."

별라 여사는 핸드폰을 뒤져 사진을 하나 찾아냈다. 작년 겨울의 날짜였다. 사진 속 임신 테스트기의 시약에는 임신을 상징하는 푸른 줄이 선명했다.

"얼마 전 세월호 아이들 전화가 복원된다 캐서 혹시 몰라 아이의 전화기를 들고 물어물어 그 업체를 찾아갔어예. 핸드폰을 부수어도 좋다는 각서를 쓰고 아이의 메시지를 복원했지예. 그걸 열어보니 그 아이의 카카오톡이 들어있었어예. ……신부님, 사랑해요. 신부님, 만나주세요. 신부님, 두려워요. 신부님, 그 여자 만나지 마세요. 악마예요. 신부님, 제발요……. 신부님, 저 죽고 싶어요. 신부님, 엄마 아빠가 저를 가만히 두지 않을 거예요. 신부님, 신부님……. 그 신부라는 작자가 읽은 표시가 있었어예. 하지만 아무 답도 없었던 카카오톡……. 그리고 저희 아이는 죽은 거라예. 그 애가 죽던 날 새벽 네 시까지 카카오톡이 그놈의 신부를 부르고 있더라고예. 그리고 그 신부는 그걸 읽었어예."

무슨 대답을 해야 할지 무슨 반응을 해야 할지 이나는 알 수 없었다.

"미친 듯이 톡을 더 뒤졌어예. 희한하게도 톡은 거의가 아이가 보내는 문자로만 이루어져 있었어예. 아주 드물게 신부가 문자를 보내기도 했어예. 간단하게예. 열 시, 라든가. 시청 앞, 이라든가. 카페 해당화, 뭐 이런 거드라고예. 그러다가 거기서 이런 걸 발견했어예."

최별라는 이나에게 한 장의 사진을 보여주었다. 화면을 캡처한 것 같았다.

왜 우리 이쁜 아가씨가 화가 났구나. ……바닷가로 올래? 같이 묵주 기도 하자. 아무래도 우리의 만남은 성령께서 주관하신 것 같다는 생각이 든다.

이나의 머릿속으로 기억의 검은 장대비가 내리기 시작했다. 기억들은 부서지지 않고 조각들은 맞춰지지 않은 채로 한꺼번에 몰려왔다.

"아무래도 우리의 만남은 성령께서 주관……."

"이나야, 엄마는 아빠하고 같이 가신 외국 여행에서 돌아오셨니? 신부님이랑 하운 바닷가 걸을까? 그쪽으로 해 지는 거 보러 가려고 해. 같이 묵주 기도 하자."

"이나야, 왜 그래? 너 무슨 생각 하고 있는 거니? 그건 성령의 명령이었어. 이나야, 너 다른 생각 하면 안 돼."

"알아요!"
이나는 자기도 모르게 마치 작게 비명을 지르는 것처럼 말해버렸다. 놀란 듯 최별라가 작은 눈을 동그랗게 뜨고 이나를 바라보았다.
"그 수법을 알아요. 절대 문자를 남기지 않아요. 문자를 받고 전화를 하지요. 남는 건 내가 보낸 문자뿐……. 알아요, 그걸. 그리고 말하죠. 우리의 만남을 주관하시는 분은 성령이야……. 안다고요, 막상 따질 말이 없어요. 그는 모든 것을 모호한 분위기로 이끌어요. 그러고는 문제가 생기면 말하죠. '왜? 내가 무슨 강요라도 한 거니?'"
머릿속으로 열일곱 살 소녀가 아직 외치지 못했던 비명 소리가 들렸다. 기억들은 수면 위로 자맥질하듯 불쑥불쑥 솟았다.
"이런 걸 아십니꺼?"
최별라가 놀란 듯 물었다. 하지만 이나는 겨우 이렇게 말했다.

"······그냥요, 제가 그분을 안다고요. 그분이 한때 우리 본당 신부님이셨어요······."

최별라가 애처로이 이나를 바라보며 다시 말했다.

"그래예. ······하늘이 도우셨네예. ······이건 우연이 아니었네예. 슨생님, 도와주시소."

"하지만 이건 너무 약해요."

한이나는 자기도 모르게 신고, 수사, 증거, 기소 따위를 생각하고 있었다. 그리고 고개를 저었다.

"따님께서, 죄송합니다, 다른 남성과 임신을 하고 신부에게 영적 도움을 요청했을 수도 있어요. 제가 못 믿는 게 아니라 공적 기관에 알리려면 더 객관적 증거가 필요하다고요."

"압니다······. 지도 알아예. 하지만도 죽고 난 후에 아이의 친구가 제게 말했어예. 아이는 백진우 신부를 너무 좋아했고, 이 세상에 그를 위해서라면 수녀가 되는 것을 포함해서 무슨 일이라도 할 수 있다고 했다고······. 우리 아이 외곬입니다. 바보같이 외곬이라예. 그럴 아이 아닙니다, 슨생님."

여자가 강경하게 대꾸했다.

"······혹시 무진 교구에 이야기를 해보셨나요?"

여자가 고개를 떨구었다.

"이야기했어예······. '따님의 일은 정말 안되셨습니다. 그런데 아무 증거 없이 우리가 신부를 소환해서 추궁할 수는 없어요', 함서 증거를 가지고 오라는 말만 되풀이합디더. 저 같은 사람은 무진 교구청 앞에 하루에 열 명도 넘게 서 있다고……."

여자는 잠시 격앙된 감정을 추스르느라 두 손으로 얼굴을 가렸다.

"돌아서 나오는데 비참했어예. ……하지만요 슨생님, 수확도 있었어예. ……우연히 그 신부에게 피해를 봤다는 사람들을 만났어예. 그분들이 백 신부에게 돈을 빼앗겼다고 투서를 넣고 오는 길이라고 하데예. 그분들하고 연락하고 있심더. 정보를 모아보니께네 그 신부가 우리 딸을 공짜로 일 시켜먹었다는 그 장애인 단체에 어떤 여자가 있는데 그 여자가 신부의 애인이고 돈이 다 그리로 간다꼬……. 그걸 알아냈어예. 그분들이 그러더라고예, 그 여자 이 근방에서 유명한 여자…… 이름이 해리라고 했어예, 이해리."

7

병실로 돌아가니 엄마는 미술 잡지를 읽고 있었다. 최별라의 이야기가 헝클어진 머리칼들처럼 머릿속에서 가지런하게 정돈되지 않고 소음처럼 붕붕거리며 떠다녔다.

"이것은 성령의 명령이야……."

이나는 자기도 모르게 이를 꽉 악물었다.

"죽이 맛이 없었어."

엄마는 미술 잡지를 내려놓으며 말했다.

"죽이 맛없는 건 상관없는데 어쩌면 이게 내가 이 지상에서 먹을 마지막 죽이다 생각하니 화가 나는 거 있지? 이왕이면 맛있는 죽을 먹고 죽어야 할 거 같아서."

"왜 그 집 죽 이 근방에서 제일 유명하던데? 그러면 얼른 나아서 맛있는 죽 먹으러 가자, 엄마. ……근데 화는 왜 났어?"

이나는 엄마의 병실을 대충 정리하며 대답했다.

"죽는다 생각하고 죽을 먹으니까 죽 맛이 완전 다르더라는 거야. 죽는다 생각하고 창밖을 보니까 하늘이랑 구름이랑 너무 달

라. 갑자기 그림이 그리고 싶어졌어. 죽는다 생각하고 보는 죽 그릇도 그리고 싶고 죽 그릇이 놓인 이 세상도 그리고 싶고 말이야. ……그래서 이대로 죽으면 안 되겠다 생각했지."

"엄마, 의사 선생님이 내일까지도 엄마 간 수치 안 떨어지면 일단 집에 가셨다가 다시 오래. 나도 그게 좋겠다고 했어. 그럼 그때 그리면 되겠네."

"그래? ……일단 집에 간다고 생각하니 정말 좋긴 하네. 나 며칠 병원에 있었더니 힘들어. 이나야, 나 집에서 죽고 싶어. 나중에 진짜 나 죽을 때 여기서 치료만 받고 가망 없으면 집으로 옮겨줘."

"엄마, 내일은 걸어서 집으로 간다고! 그리고 죽는 건 아직 멀었어. 일단 간 수치가 떨어져야 치료를 받고 수술을 하고 그담에 죽든지 말든지 하지. 암튼 일단 집으로 가시고. 그러면 엄마 그림 그리면 되겠네. 죽기 전에 보는 죽 그릇이 놓인 이 세상 말이야. 아마 명작이 될 거야. 그럼 난 약간 부자가 될지도 모르지. 어쩌면 엄마 유작을 산다고 모마(MOMA)에서 나를 부르면 뉴욕에 가야 할지도 모르고……. 열심히 하세요, 오 화백님."

한이나가 말하다가 빙긋 웃자 엄마는 약간 서운한 표정이 되었다.

"나 지금 하나밖에 없는 딸한테 내가 마지막으로 죽는다 생각하고 그릴 그림 이야기하는데, 너 너무 캐주얼하고도 영악하고도 속물적이며 불효막심하게 발언하는 거 아니니?"

"엄마."

한이나는 키득거리며 웃다가 침대 곁에 앉았다. 약간 다정한 포즈이기도 해서 엄마는 흐뭇한 표정이 되었다.

"엄마, 내가 만일 먼저 죽으면…… 어떨 거 같아?"

"뭐?"

엄마는 소스라치는 듯했다.

"젊은 애가 그런 말 하는 거 아니야. 이나야, 그런 말 꺼내지도 말아. 말만으로도 끔찍해. 상상도 못 해. 됐어, 일단 이렇게 하자, 그냥 평범하게 내가 먼저 죽는 걸로. 인간이니까 너도 언젠가 죽겠지만 일단 나 죽은 담에 죽어."

"엄마, 만일 내가 어떤 사람, 응, 남자, 나는 그런 일은 절대로 절대로 없겠지만, 어떤 남자에게 너무 큰 상처를 받고 죽는다면……."

엄마가 이나를 유심히 바라보았다. 잠시였지만 설마, 하는 두려움이 마치 날아가는 큰 새의 그림자처럼 휘익 어렸다.

"너 실연당했니? 그동안 연애했었어?"

"불행히도 아니라니까. ……그냥 예를 들어 물어보는 거야. 난 아직 엄마가 돼본 적이 없어서."

"이나야, 그래, 절대로 절대로 그럴 리가 없지. 너에게 내 피가 흐르는데 그럴 리가……. 남자 따위란 울고불고 술 먹고 기절하게 할 정도의 능력은 있지만 그래도 죽게까지 만들 존재는 아니란 말이야. 하지만 혹여라도 그런 유혹이 일어나면 너는 그냥 엄마에게 말하고 잠시 여행을 떠나. 엄마가 일 다 처리해서 잘 해결한 다음 길고양이용 통조림을 좀 쌓아놓을게."

"통조림?"

이나가 물었다.

"누군지, 그놈이 누군지 알면 바로 처치해버리고 잘 잘라서 통조림으로 만들어놓는다는 거야."

이나는 잠시 입을 벌리고 엄마를 바라보았다. 그리고 어이가 없다는 듯이 웃었다.

"할 수 있어, 이나야. 그게 엄마라는 사람들이야."

엄마는 의외로 진지했다. 한이나는 입을 다물었다. 최별라의 얼굴이 떠올랐다. 핸드폰 속에서 덩그마니 떠오르던 그녀의 딸, 김민주. 약간 뚱뚱하고 무표정하고 그리고 거기에 겹쳐지는 얼굴, 백진우 신부의 창호지처럼 차가운 흰 얼굴.

"성령의 명령이야."

이상하게도 등줄기로 다시 차가운 소름이 지나갔다.

그 각각의 얼굴들은 운전을 하고 무진 시내 가톨릭 병원에서 하운의 엄마 집으로 가는 중에도 내내 떠올랐다. 그리고 모든 얼굴이 사라진 후에 해리의 얼굴이 남았다.

"그 여자의 이름이 이해리라고 했어요."

이해리. 흘러가는 풍문으로 나는 해리의 근황을 들은 적이 있었다. 결혼을 했는데 남편이 장애인이었고 사고로 죽었고 그때 배 속에 있던 딸을 하나 낳았고 시아버지와 장애인 사업을 했다고……. 지금 해리는 과부다. 그리고 백 신부는 필요한 돈과 일할 사람을 해리의 장애인 시설에 보낸다. 둘은 어떤 사이일까? 얼핏 보면 아주 훌륭한 일이었다. 신부님은 모금한 돈을 장애인 단체에 기부하고 자신은 가지지 않는다. 그런데 그 신부는 결코 순결한 사람이 아니었다. ……이나에게 다시 어둠이 내려앉았다. 기억을 떠올리면 몰려오곤 하던 구토가 다시 일었다. 콜라가 마시고 싶었다.

이나는 애써 침착하게 생각해보았다. 자신이 만일 어릴 적 엄마를 잃은 외로운 소녀였고 아버지는 주정뱅이이고 오빠는 가끔 돌아와 자신을 때리다 못해 추행까지 하려고 한다면, 그때 신부가 다가와 이건 성령의 명령이야 했다면…….

하운 마을 입구에서 이나는 그 집 앞에 잠시 차를 세우고 눈을 들어 살구나무 집 테라스를 바라보았다. 주말, 저녁이 내리면 그 집에는 늘 초록색 파라솔이 펴지고 그 아래 흰 리넨 식탁보가 펴진 탁자 위에 버건디 빛 맥주잔이 놓이곤 했었다. 고기 굽는 냄새도 났고 또 가끔은 생선 굽는 냄새도 났다. 그러나 오늘 그 파라솔은 접혀 있었다. 그러고 보니 집 앞 골목길에 그의 차도 보이지 않았다. 그는 아직 이나가 여기 온 것을 모른다. 아니 그의 아내 혜인을 통해 들었을지도 모른다. 어쨌든 이나는 자신의 귀향을 아직 그에게 알리지 않았다. 그는 역시나 주말에만 오는 모양이었다. 그는 행복한 것 같았다. 행복한 그의 집을 한참 바라보고 나자 아까 백 신부 이야기를 들었을 때 올라오던 구토도 좀 멎었다.

8

집으로 들어간 이나는 컴퓨터에서 몇 가지 메일을 확인한 후, 페이스북과 카카오스토리와 트위터 사이트를 열고 백진우 신부의 이름을 검색했다. 놀랍게도 이나의 SNS에서 백진우 신부의 이름은 차단이 되어 있었다. 기억을 더듬어보니 백진우 신부가 그녀에게 친구 신청을 계속하고 트위터에 답도 달았던 것 같았다. 그때 이나는 망설임 없이 그를 차단해버렸었던 것이다. 뻔뻔하다고 느꼈던 감정도 새삼 떠올랐다. 그래서 요 몇 년 동안 백진우 신부는 그녀의 인생 울타리 밖에 있었고 이나는 그의 일을 까맣게 잊고 살았던 것이다.

이나는 일단 백진우 신부의 이름을 검색해 모든 차단을 해제했다. 백진우 신부의 페이스북과 카카오스토리 그리고 트위터 중 이나는 페이스북을 택했다. 그의 글은 거의 모두가 전체 공개였고 친구를 제외한 팔로어만도 벌써 삼만을 넘어서고 있었다. 그건 엄청난 영향력을 행사하고 있음을 의미하는 것이었다. 그녀가 백 신부를 차단하고 있었던 동안 그의 영향력은 SNS를 통해 전국적으로 확대되고 있었다. 그의 포스팅마다 존경하는 신부님, 사랑하는 신부님이라는 댓글들이 찬양의 합창을 하고 있었다. 그의 이름을 입력하자 그날 날짜로 한 개의 포스팅이 떠올랐다.

백진우
3시간 전

참으로 여성들이 당하는 아픔을 신부인 제가.

남자인 제가 어찌 다 헤아릴 수 있겠습니까.

이럴 땐 차라리 하느님께서

저를 여자로 만들어주셨으면 하고 바라게 됩니다.

어리석지만 그럼 저도

그 고통을 함께할 수 있지 않을까 하고요.

이분은 가녀린 몸으로 권력을 가진 자에게

이렇게 당하고도 장애인들을 위해

오늘도 봉사하시는군요. 가히 무진의

아니 한국의 마더 데레사라고 할 만한 분입니다.
그분이 받은 수많은 표창장이 그것을 증명하고도 남지만
그분은 그걸 겸손하게 감추시더군요.

그러나 저는 가슴이 아픈 하루를 보냈습니다.
세상에 얼마나 많은 어머니와 누이 들이
남성 중심의 사회에서 이런 일을 당하고도
아무 말 못 하고 살아갈까요?

이 사회는 정말 변해야 합니다.

가톨릭의 많은 성녀들이
권력자의 요구에 저항하다가 순교했습니다.
저는 오늘도 그녀, 그리고 그녀들을 위해 기도합니다.

세계적인 사교 모임 타이거스 클럽 총재에게 성추행당한 피해자.
장애인 사업가, 세 아이의 엄마

백진우 신부가 공유한 영상을 누르자 오랜 망령 속의 한 사람이 또 튀어나왔다. 그녀는 마른 팔로 얼굴을 가리고 울고 있었다. 아직 덥다고는 하지만 이제 가을인데 그녀는 가슴이 깊이 파이고 마른 팔을 완전히 드러낸 민소매 차림이었다.

—돈과 권력이 한 여자를, 열심히 장애인을 섬기며 살아가는 여자를 이렇게 짓밟아도 되는 겁니까? 도와주십시오. 제게는 아무것도 없습니다. 강자가 약자를 짓밟는 이 사회가 너무도 싫습니다. 전 아무것도 없는 여자입니다. 제 아이들에게 부끄럽지 않은 엄마가 되게 해주십시오.

눈물이 그렁한 눈의 여자가 클로즈업되었다. '세계적인 사교 모임 타이거스 클럽 총재에게 성추행당한 피해자, 장애인 사업가, 세 아이의 엄마'라는 자막이 보였다.

세 아이? 이나는 일단 페이스북을 더 살폈다.

수백 개의 댓글이 타이거스 클럽 총재를 성토하고 있었고 무진 지역 민주주의를 위한 변호사 협회와 여성 단체들이 이미 그 소송에 개입하고 있다는 기사들이 링크되어 있었다. 공유만 250여 회. 이 정도이면 가히 여론이 들끓는다고 할 수 있을 정도였다. 이 미친 권력이 한 여자를 짓밟은 것을 세상은 정의의 이름으로 처단하라고 소리치고 있었다. 눈물이 그렁한 눈으로 울고 있는 그녀의 얼굴을 이나는 처음에는 알아보지 못했다. 그리고 이윽고 그녀가 정말 놀라울 정도로 예뻐졌다고 이나는 생각했다. 성형의 흔적을 감안하더라도 그녀는 아름답게 빛나고 있었다. 여자는 해리였다.

"그 신부가 우리 딸을 공짜로 일 시켜먹었다는 그 장애인 단체에 어떤 여자가 있는데 그 여자가 신부의 애인이고 돈이 다 그리로 간다꼬……. 그걸 알아냈어예. 그분들이 그러더라고예. 그 여자 이 근방에서 유명한 여자……. 이름이 해리라고 했어예, 이해리."

최별라의 목소리가 겹쳐졌다. 등줄기로 아주 서늘한 것이 다시 쭉 내려갔다. 너무도 흔한 추리가 시작되려는 것을 애써 억제하며 이나는 인터넷을 침착하게 훑었다.

이나는 그 자리에 얼어붙은 듯 앉아 사건을 검색했다. 그리고 수첩을 꺼내어 백진우, 최별라 이름 옆에 또 한 이름을 써넣었다. 이해리.

텅 빈 거실 의자에 앉아 한이나는 먼저 이해리의 페이스북을 열었다.

무심히 열어본 페이스북은 해리가 장애인들과 함께한 사진으로 시작되었다. 역시 민소매에 짧은 미니스커트. 밑에서 위로, 즉 앙각으로 촬영한 카메라의 각도 때문에 다리는 길고 곧게 보였다. 벌써 삼천 개가 넘는 '좋아요'가 훈장처럼 달리고 있었다. 그렇게 페이스북이라는 낯선 매체를 통해 만나는 해리는 다른 사람 같았다. 한이나는 습관처럼 '좋아요'를 눌렀다. 그러자 우연이었겠지만 아주 작은 글씨가 떠올랐다. 손가락으로 으뜸을 표시하는 '좋아요'의 파란 기호 옆으로 '회원님과 백진우 외 3,145명.'

해리는 행복해 보였다.

9

나만고양이없어   사건은 그냥 단순해 보여요.

민주언론쟁취하자   어엉.

나만고양이없어   여기 무진에 한 여자가 있는데 아직 미혼이고 장
애인 단체장이에요. 나이는 나와 동갑. 자세한 이
야기는 나중에 하겠지만 그리 유명하진 않은데
어쨌든 젊으니까.

민주언론쟁취하자   자네하고 동갑인데 젊어? ㅋㅋ

나만고양이없어   쳇! 아직 마흔은 안 됐잖아요. 아무튼. ㅜㅜ

민주언론쟁취하자   ㅋㅋ

나만고양이없어   그런데 어느 날 타이거스 클럽 총재와 교외에서
단둘이 식사를 하고 돌아오는 길에 차 안에서 성
추행을 당했나 봐요. 여자가 그걸 고소하니까 타
이거스 클럽 총재가 그녀를 꽃뱀으로 맞고소했고
그래서 사건이 지지부진했었는데…….

민주언론쟁취하자   심하게 단순하네. ㅎㅎ

팀장은 하품하는 이모티콘을 끼워 넣었다.

| 나만고양이없어 | 네, 여기까진 그래요. 그런데 갑자기 여기 지역에서 존경받는? 아무튼 유명한 신부가 끼어들었고 그때부터 갑자기 그녀의 사건이 급물살을 타요. 민변이 변론을 하겠다고 나서고 여성 단체들이 성명을 내고. |

나만고양이없어 네, 여기까진 그래요. 그런데 갑자기 여기 지역에서 존경받는? 아무튼 유명한 신부가 끼어들었고 그때부터 갑자기 그녀의 사건이 급물살을 타요. 민변이 변론을 하겠다고 나서고 여성 단체들이 성명을 내고.

민주언론쟁취하자 야, 뭐 하는 거야. 그런 사건은 하루에도 100개씩⋯⋯.

나만고양이없어 잘 들어보세요. 그런데 제가 알아본 결과 이 사건은 일 년 전인 지난해 가을에 일어났는데 이제야 여자가 고소를 한 거예요. 마침 세계 타이거즈 클럽 대회가 딱 한 달 후인 이번 가을 무진에서 열리고, 타이밍이 이상하지 않아요?

민주언론쟁취하자 그런 말 하면 안 돼! 요즘 성추행 성폭행 십 년 지나도 고소해. ⋯⋯게다가 그래야 언론이 주시할 테니까.

나만고양이없어 어제 그 회장이 기자들을 불러 차를 보여주었어요. 저도 가보았는데 그 총재의 말에 따르면 그녀가 다짜고짜 와서 장애인들이 타고 다니는 소형 버스 한 대를 기증해달라고 하기에 자기가 거절했고 그게 다, 라고 하더군요. 그 총재를 만났어요. 왜 성추행이 일어날 수 없는지를 보여주겠다고 했어요. 그 총재의 외제 승합차는 넓어서 키가 작은 그가 팔을 뻗어 추행까지 하려면 너무 힘들어요. 그 사람 팔도 다리도 몽통몽통 짧아요. ……어제 그를 만나러 갔는데 차에 타서 시연해줬어요. 진짜 팔을 뻗어도 허벅지 근처면 몰라도 그녀가 주장하는 대로 성기까지 닿기는 힘들었어요. 그녀가 주장하는 대로 여성의 그곳을 추행하려면 차가 똑바로 운행할 수 없는 상태여야 해요. 여자가 협조를 하거나……. 그런데 그녀는 달리는 차 안에서 추행을 당했다고 했어요. 그녀가 지적하는 곳은 무진 외곽 도로고 거긴 최소한 80 이상으로 달리는 자동차 전용 도로예요. 멈출 곳도 없다구요.

민주언론쟁취하자   ???

나만고양이없어   꽃뱀 냄새가 나요.

민주언론쟁취하자   자네 페미니스트 아닌가?

나만고양이없어   휴머니스트로서의 페미니스트죠.

민주언론쟁취하자   내가 알기로는 우리 사무실에서 제일 진보적인 그대가 이런 말을 하다니 참으로 내가 다 어리둥절하구먼.

나만고양이없어　ㅠㅠ

민주언론쟁취하자　어떻게 되어가고 있는지 함 봐봐. 그래도 민변이
　　　　　　　　그리 허술하지 않을 텐데, 여성 단체에 천주교 신
　　　　　　　　부까지 가세했다면.

나만고양이없어　제 생각에는 민변도 허술하고 신부도 이상해요.
　　　　　　　　신부가 지속적으로 그녀를……

민주언론쟁취하자　하긴 무진 민변에 허술한 변호사들도 많긴 한데,
　　　　　　　　그래도 신부는 괜찮지 않나? 우리 어머니도 만일
　　　　　　　　종교 가지면 가톨릭이 좋다 하시던데 신부가 헛
　　　　　　　　일하겠어? 개신교 목사는 요즘들 문제가 많지만
　　　　　　　　신부가 그랬으면 그래도……

나만고양이없어　ㅜㅜ

민주언론쟁취하자　이봐, 꽃뱀을 성추행으로 만드는 건 큰 문제가 되
　　　　　　　　지 않지만 성추행을 꽃뱀으로 만드는 건 보통 어
　　　　　　　　려운 문제가 아니야. 너무 리스크가 커. 어쨌든
　　　　　　　　늘 권력 있는 놈이 죄를 지을 확률이 높은 건 사
　　　　　　　　실이야.

나만고양이없어　……그건 맞지요, 문제는 제가 이 사람들을 좀 알
　　　　　　　　아요. ……뭐라고 말해야 할지 모르겠지만 순정
　　　　　　　　하지 않은 사람들이에요. 어린 시절부터 보아왔
　　　　　　　　어요.

민주언론쟁취하자   글쎄, 어려운 이야기야. 위험하기도 하고.

나만고양이없어   알겠어요. ……엄마 수술이 연기되었으니 일단 그냥 좀 지켜볼게요.

민주언론쟁취하자   그래, 일단 6개월 장기 연수로 처리되었으니, 그리 해봐. 자주 연락하자고.

민주언론쟁취하자   아 참, 한 기자. 거기 무진에 말이야, 세계 정원 만드는 사업에 정치권하고…….

나만고양이없어 님이 퇴장했습니다.

민주언론쟁취하자   알았어. 그건 나중에 다른 기자 출장 갈 거야. 잘 쉬어.

10

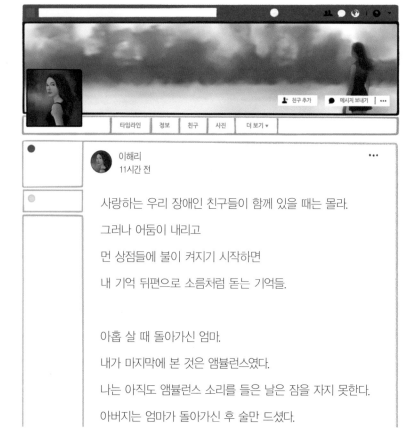

사랑하는 우리 장애인 친구들이 함께 있을 때는 몰라.

그러나 어둠이 내리고

먼 상점들에 불이 켜지기 시작하면

내 기억 뒤편으로 소름처럼 돋는 기억들.

아홉 살 때 돌아가신 엄마.

내가 마지막에 본 것은 앰뷸런스였다.

나는 아직도 앰뷸런스 소리를 들은 날은 잠을 자지 못한다.

아버지는 엄마가 돌아가신 후 술만 드셨다.

오빠는 나를 때렸고,

아홉 살 나는 새벽부터 일어나 두 남자의 밥을 지어야 했다.

공부가 하고 싶었으나 마치지 못했다.

세상 누구도 나를 돌아보는 사람은 없었다.

아버지가 싫어 무조건 부산으로 갔다.

거기서 운명의 남자를 만나 사랑에 빠지고

시댁의 반대에도 불구하고 결혼한다.

임신 7개월 때 그 사고를 만난다.

남편은 그 자리에서 즉사하고

나는 겨우 살아났으나 아이를 조산했고

자궁을 다 들어내는 수술을 했다.

희망을 잃어버리고 자살을 기도했다.

세 번째 자살 기도를 하던 날 날 보고 웃고 있는 우리 리나.

결국 나는 모아두었던 수면제를 버렸고

십자가를 붙들고 하느님을 용서해드렸다.

그리고 내 죽은 남편에게 평생 정절을 지키기로 맹세하였다.

스물다섯에 과부가 된 여자에게 여전히 삶은 막막하였다.

그런데 그다음 날 우리를 용서하지 않으시던

시아버지가 기적처럼 나를 찾아오신다.

무신론자셨던 시아버지는 꿈속에서

나를 용서하라는 하느님의 말씀을 들으셨다고 했다.

해리는 내가 보내준 당신의 천사라고 하셨다고.

나는 전율 속에서 꼼짝도 못 하고 서 있었다.

이미 내 가슴에는 결핵 3기의 균이 가득 퍼져 있었고

의사는 폐 한쪽을 잘라야 한다고 했지만

그 수술을 받을 돈조차 없어 절망으로 가득하던 그날에,

하느님께서는 시아버지의 꿈을 통해

나를 살려주셨던 것이다.

그 후 시아버지의 장애인 사업을 도와 십 년.

연로하신 아버님은 돌아가시고

저는 고향으로 돌아와 장애인들을 섬기며 삽니다.

사랑하는 남편과 존경하는 시아버지의 죽음을 보며 알았죠.

바오로 사도의 말대로 이 세상 것들은 모두 쓰레기이며

우리는 다만 천국을 바라보며 산다고.

그렇지 않다면 우리는 너무도 가련한 존재들이라고.

수술로 한쪽 폐를 들어내고

위암으로 다시 위 한쪽을 잘라내고

한쪽의 신장과 자궁마저 들어내며

하늘은 내게 참으로 모진 시련을 주셨습니다.

늘 몸에 열이 오르고 커피만 마셔도 기절하며

술은커녕 드링크제만 마셔도 앰뷸런스에 실려갑니다.

그러나 저는 절망하지 않고 오늘도 힘을 내어 말합니다.
저는 이제 세 아이의 엄마이니까요.
한 아이는 몸으로 낳고 두 아이는 맘으로 낳았습니다.
그러니 저는 오뚝이처럼 일어나야 합니다.
민들레처럼 낮은 곳에서라도 피어나야 합니다.

수술도 못 하고 퇴원한 엄마는 밤새 그림을 그렸다. 그리고 새벽이 올 무렵 거실 가득 향이 나도록 커피를 내려놓고 이제야 침실로 들어가려는 모양이었다. 엄마와 달리 일찍 잠자리에 들었던 이나는 이른 새벽 잠에서 깨어 엄마와 거실에서 마주쳤다. 엄마는 침실로 들어가고 이나는 커다란 머그잔에 커피를 따라서 엄마의 컴퓨터 책상으로 갔다. 무심히 자신이 몸담고 있는 뉴스텐의 사이트를 열자 뜻밖에도 「성추행 의혹 타이거스 클럽 총재 사퇴 요구 거세」라는 기사가 메인으로 떠 있었다. 기사는 타이거스 클럽의 총재가 성추행을 했다는 사실을 전제로 하고 있었고 이름을 밝히고 당당히 나선 해리의 사진도 있었다. 성추행을 하기에는 자동차의 구조가 이상하다는 이나의 보고는 묵살되었는지도 모르겠다. 하기야 이 사회에서 성추행 의혹은 일단은 성추행이라고 인정하는 것이 성추행이 아니라고 하는 것보다 안전하긴 했다. 어제 팀장의 말대로 꽃뱀을 운운하는 것은 리스크가 너무 컸다. 이나는 타이거스 클럽 총재가 직접 기자들에게 보여주었던 그 차를 기억했다. 분명 달리는 차 안에서 키 작은 총재가 팔을 뻗는 것은 역부족이었다. 그렇다고 해리는 '차를 세우고 그랬다'라는 진술을 하지 않았다. 혐의를 받고 있는 타이거스 클럽 총재는 막상 실물을 보자 확실히 구토를 유발할 정도로 기름진 얼굴을 하고 있긴 했다. 이나의 옆에 있던 《무진일보》의 기자가 "저 화상, 얼굴 많이 맑아졌다. 아마 요사이 맘고생해서 룸살롱도 안 간 모양인데" 했지만 말이다.

이나는 커튼을 열고 거실에 섰다. 해무가 짙었다. 정원의 나무들도 침묵에 휩싸여 있었다. 그녀는 머릿속으로 다시 한 번 타이거스 클럽 총재가 보여준 차를 생각했다. 누구의 말이 진실일까. '장애인용 버스를 달라고 왔다. 그러나 줄 수 없다고 말했다. 그녀는 돌아갔다. 그런데 갑자기 일 년 후 그녀가 나에게 성추행을 당했다고 한다.' 이것이 타이거스 클럽 총재의 진술이었다.

"저를 차에 태우시더니 장애인용 소형 버스를 사줄 수 있다고 하셨어요. 그리고 손을 뻗어 제 그곳을⋯⋯."

공통된 진술은 딱 하나, 장애인 버스, 나머지는 완전히 상반된 진술이었다. 그러나 의문은 싱겁게 끝나버렸다. 전화벨이 울렸던 것이다. 팀장이었다.

"어젯밤에 마감하려고 하는데 팩스가 도착했어. 모든 언론사에 보낸 모양인데 이해리 이름을 실명으로 밝히고 말이야. ⋯⋯ 게임이 끝났네. 그자가 추행을 하면서 자기 거시기를 보여준 모양이야. 아휴, 지저분한 새끼. 게다가 그 성기의 모양이 자세히 기술되어 있어."

팀장은 다짜고짜 이야기를 하며 웃었다. 이나의 의견이 묵살된 것을 설명해주려는 배려였다.

"성기 끝에 다마를 박았대. 그리고 성기 끝에 콩알만 한 검은 점이 있다는구먼. 게다가 성기 묘사가 확실하고 구체적이야. 장애인 통근용 버스를 사주겠다고 하면서 자신의 성기를 보여주었다는 거야. 이러면 게임 끝났지. 결정적이네⋯⋯. 여러 기자들이 전화했는데, 총재 측은 전화기 끄고 잠적했어. 간단하게 타이거즈 클럽 총재직을 내려놓는다고 성명을 발표했고⋯⋯. 뭐, 이제 끝이야, 싱겁게도⋯⋯. 아무래도 자네가 궁금해할 것 같아서 전화했어."

"⋯⋯그렇군요."

온몸에서 맥이 탁 풀렸다. 이상한 일이었다. 사회적으로 약자일 수밖에 없는 미혼모 여자가 성추행을 당했다. 그리고 권력 있는 사람은 징벌을 받게 될 것이다. 그런데 왜 맥이 풀리는 것일까. 이 세상 누구보다 그런 일에 앞장서 목소리를 높여온 한이나였다.

"어머니는? 좀 어떠셔?"

팀장은 이나를 달래주려는 듯한 목소리로 말을 돌렸다.

"예, 괜찮으세요. 말씀드렸잖아요. 수술이 연기되었어요."

대답하면서 이나는 목울대가 뻣뻣해지는 것을 느꼈다. 나중에 깨달은 것이었는데 자존심이 상했다. 나름 과학적으로 분석하려던 시도가 바보스럽게 좌절되고 괜한 분란에 말려든 기분이었다. 성기를 보여주었다면 성추행은 확실한 성추행이었다. 기분이 몹시 안 좋았다. 전화를 끊고 이나는 커피를 한 잔 더 따르다가 무언가가 생각난 듯 벌떡 일어나 다시 컴퓨터 앞으로 가서 검색을 했다.

"저를 차에 태우시더니 장애인용 소형 버스를 사줄 수 있다고 하셨어요. 그리고 손을 뻗어 제 그곳을……. 저는 미혼모이지만 엄마이고 장애인 시설의 대표입니다. 어떻게 저에게 그렇게 하실 수가 있는지요."

"저를 차에 태우시고 말씀하셨어요. 소형 버스를 사줄까, 하고요. 자기에게 잘 보이면 충분히 그것을 해주시고 다른 것도 해주신다면서 손을 뻗어 제 거기를……." 피해자는 몹시 흐느끼며 말했다.

　진술은 일관되었다. 분명 손을 뻗어 거기를 만졌다, 라는. 지난 인터뷰를 모두 읽었으나 남자가 자신의 성기를 드러냈다, 라는 기사는 없었다. 그래, 성추행이 있었겠지. ……그런데! 그런데 말이다. 만에 하나 성추행이 있었다고 해도, 분명 팔을 뻗어―그것도 반항하는― 여자의 성기에까지 손이 닿기는 어려운 거리였다. 그녀가 주장하는 차 안에서 그 일이 일어난 것이 맞다면 말이다. 다른 것들은 주장이었고 일단 이것만이 팩트였다. 팔이 닿지 않는 거리. 그리고 장애인용 버스. 그들이 탔던 외제 승합차. 해리는 왜 한때 자기가 불리해졌던 그날들에 그가 성기를 드러냈었다는 말을 하지 않았을까?

11

"다른 무엇보다, 우리 딸 리나에게 엄마는 떳떳하게 살았다. 이걸 말할 수 있어서 너무 기뻐요."

카메라 앞에서 해리는 웃고 있었다. 초등학생인 그녀의 딸이 그 곁에서 함께 웃고 있었다. 이름이 리나라고⋯⋯. 무언가가 목에 걸렸다. 지체 장애인들이 박수를 치며 웃었다. 해리는 꽃다발에 둘러싸여 있었다.

"저를 믿어주고 함께해준 모든 분들께 감사드리고 싶어요. 수많은 여성들이 제게 꽃과 편지를 보내 저를 격려해주셨지요. 민주주의를 수호하는 변호사 모임의 변호사님들 정말 감사드리고요. 특히 백진우 신부님, 정말 감사해요. 신부님은 하느님의 사랑을 제게 가르쳐주시고 죽어버리고 싶던 저를 살려주셨어요. 그러나 무엇보다, 무엇보다 하느님께 감사합니다. 이 땅의 정의는 결코 죽지 않았어요."

해리는 또 울었다. 굵은 눈물이 뚝뚝 떨어지는 것이 카메라 앞에서도 선명히 보였다. 해리는 눈물을 닦고 다시 웃으면서 말했다.

"임신 칠 개월에 남편이 사고를 당해 나도 따라 죽으려고 했으나 생명을 지우지 못해 엄마가 되고 오늘날까지 감사하는 마음으로 살았습니다. 그때 사고의 충격으로 조산을 하고 자궁을 들어내서 아이를 못 낳는 몸이지만 누군가 버린 아이 둘을 더 입양해 살아갑니다. 가진 것도 없고 배운 것도 없고 권력도 없는 저는 믿음 하나 갖고 살아요. 정말 감사합니다. 하느님은 저를 버리지 않으셨네요. 하느님은 제 편이십니다."

그리고 그녀 뒤에 빛바랜 창호지처럼 흰 얼굴이 웃고 있었다. 검은 수단에 로만 칼라 차림의 백진우였다. TV를 통해서라고 해도 거의 이십 년 만에 보게 된 그의 얼굴은 청년기가 가시고 귀밑머리가 희끗거리며 훨씬 더 세련되고 안정되어 있었고 자신감으로 빛나고 있었다. 이나의 가슴이 쿵 하고 내려앉았다. TV가 틀어져 있는 그곳이 곧 최별라와 만날 곳이어서였을지도 몰랐다. 백진우 신부의 얼굴이 클로즈업되었다. 이나의 온몸이 덜덜 떨려왔고 가슴이 심하게 두방망이질 쳤다. 그날 이후 멀리서라도 백진우를 보거나 혹은 수단을 입은 비슷한 모습의 신부만 봐도 가슴은 뛰고 이렇게 온몸이 경련을 일으키듯 떨려왔다. 그것은 혐오였고 증오였고 공포였다. 만일 그때 엄마를 졸라 서울로 전학을 가지 않았더라면 이나는 어떻게 되었을까, 한때는 생각하곤 했다.

"우선 축하드리고 우리 해리 자매님은 따님과 함께 어디 온천이라도 가서 푹 주무시라고 권해드리고 싶어요. 옆에서 뵈니 정말 안됐어요. 가해자는 장난이었을지라도 피해자는 목숨을 겁니다. 우선 이 사건으로 인해 이제 더 이상 권력을 가진 자들이 함부로 없는 자들을 추행하고 그것도 모자라 누명을 덮씌우는, 이런 일은 이제 불가능하다는 것이 알려지게 되었습니다. 그것만으로 저는 감사합니다. 우리가 한 번에 좋은 세상을 만들 수는 없지요. 그러나 조금씩 고쳐가는 것만으로 우리는, 한 발짝씩 나갈 수 있습니다. 좋은 세상은 하루아침에 오지는 않을 겁니다. 그러나 잔디에서 하나둘씩 싹이 돋아나듯, 작은 실개천이 하나둘 모여들 듯, 어느 날 정의가 강물처럼 흐르는 세상은 오고야 말 것입니다. 감사합니다."

우연히 손이 닿은 뒷덜미에서 암처럼 돋아난 한 움큼의 흰 버섯 모양 종기가 덥석 만져지는 것처럼 소름과 함께 기억이 몰려왔다. 그의 목소리는 그대로였다. 미파솔만 사용하는 저음의 목소리, 정확하고 침착한 느린 말투. 그리하여 도달하는 저 도저한 전달력. 화면은 바뀌어 갑자기 주위가 떠들썩해졌다.

"무진의 주교님께서 케이크를 보내셨어요."

누군가 말하자 화면 속의 사람들은 순식간에 열광하기 시작했다. 백진우 신부가 주교의 메시지를 읽었다.

"이 기나긴 피 흘리는 싸움에서 승리한 그대에게 하느님의 축

복을 빕니다. 복되신 성모님과 함께 모든 성인 성녀와 함께 그리고 이 세상 모든 어머니의 이름으로 그대의 오늘 승리를 축하합니다. 특별히 그대의 신앙과 성의에 주님께서 대답하셨습니다. 가난하고 소외된 사람들을 위해 오신 예수님의 이름으로 그대에게 용기와 사랑을 전합니다."

작은 폭죽이 터졌다. 리포터가 해리에게 갔다.

"오늘 법원에서 삼천만 원의 합의를 선고했는데요. 삼천만 원은 어디에 쓰실 건가요?"

해리가 잠깐 고개를 갸우뚱했다.

"삼천만 원이 얼마인지 솔직히 저는 몰라요. 그렇게 큰 단위의 돈을 생각해본 적이 없어요. ……우리 장애인들 우선 겨울 오기 전에 방 보일러 고치고 싶고요, 우리 이웃들 쌀도 좀 사 놔드리고 싶어요. 신부님하고 윗분들과 의논해볼게요. 저는 제 자신을 위해 무엇을 써본 일이 없거든요. 제 가방, 제 지갑 다 십 년, 이십 년째 쓰고 있어요. 삼천만 원이면 우리 장애인들 겨울날 따뜻한 집 하나 더 지어줄 수 있나요? ……아, 그건 아닌가요? ……그럼 우리 친구들 군고구마는 잔뜩 사줄 수 있는 거죠? 죄송해요. 전 아무것도 몰라요. 아무튼 감사합니다."

해리는 리포터가 청하지 않았는데 자신의 백에서 지갑을 꺼내 보였다. 그런 행동은 촌스러웠고 그래서 순진한 시골 처녀의 것처럼 느껴졌다. 자신이 알던 그 이해리만 아니었다면 그렇게 생각했을 것이다. 사람들이 하하 하고 웃었다. 해리는 천진하고 공손했다. 리포터가 방송 카메라를 약간 피해 돌아서 눈물을 닦았다.

"이 지갑을 이십 년째 쓰셨다고요?"

리포터가 감동으로 떨리는 목소리로 물었다. 수줍은 해리가 대답했다.

"전 장애인들만 생각해요. 제가 살아 있는 것도 기적이에요. 한쪽 폐를 잘라내고 위를 절반 잘라내고 자궁도 들어내고 어떻게 살 수 있어요? 다 은총이지요."

뭔지 모르지만 감동의 드라마 같았다. 해리는 초가을이지만 여전히 앙상한 팔이 드러나는 옷을 입고 있었다. 검은색 민소매 드레스였다. 그 와중에도 깊게 파인 가슴의 골이 눈에 띄었다. 이로써 무진을 뒤흔들던 타이거스 클럽 총재 성추행 사건은 일단락이 지어졌다. 이나는 문득 아까 해리가 "전 아무것도 몰라요" 하며 시골 처녀 같은 말을 했을 때 자신도 모르게 미소를 지을 뻔했다는 걸 깨달았다. 얕은 꿈속에서 깨어나오듯 이나는 자신의 고개를 흔들었다. 설명할 수 없는 무언가가 이상했다. 어디선가 엷게 풍겨오는 악취처럼 계속 마음에 걸렸다. 맡으려고 하면 잡히지 않으나 무심한 동작에도 코끝을 휘익 스치는 악취……. 저들의 태도에는 뭐랄까, 아주 미세한 2퍼센트가 부족했다. 완벽해 보이나 실은 오버하는 배우들처럼. 하지만 특별히 무슨 혐의를 찾을 수는 없었다. 서울 생활 이십 년 동안 자신이 너무 강퍅

해진 것은 아닐까, 이나는 그런 생각을 했다. 최별라가 거기 서
있는 것을 돌아보지만 않았어도 말이다.

12

"아닙니더. 슨생님, 아닙니더."

최별라는 눈물이 가득 고인 눈으로 말했다.

"하늘이 저 인간들 가만두지 않을 낍니다. 이럴 수는 없어예. 슨생님, 저것들 다 거짓뿌렁입니더."

그런 TV 앞에 서서 이해리와 백진우를 보고 있었던 것만으로도 최별라에게 상처를 준 것만 같았다. 한이나는 얼른 최별라를 끌고 무진 가톨릭 대학 병원 로비를 나왔다. 추석을 앞두고 병원은 한산했다. 따스한 가을볕이 벤치로 내리쬐고 있었다.

최별라는 가방에서 A4 용지 한 꾸러미를 꺼냈다. 이제 그녀를 어떻게든 달래서 부산으로 다시 보내야겠다고 이나는 생각했다. 아무 증거도 없었다. 게다가 이해리와 백진우 신부는 이 사건으로 인해 돌이킬 수 없이 도덕적 우위를 점하는 듯했으니까 말이다.

"슨생님, 저런 거 보지 마시이소. 저것들은 이제 보이 완전 영화 배웁니더…… 못된 배우지예."

"이게 뭐죠?"

한이나가 최별라가 꺼낸 A4 용지 꾸러미를 보고 물었다.

"그 신부 놈의 통장 내역입니더. 여기저기 그놈의 페이스북, 카카오스토리, 트위터를 통해 온갖 모금을 했어예. 여기 좀 보시라예. 이해리 대학원 등록금, 무진 가든, 무진 백화점 잡화 코너, 무진 골프 용품 이런 데서 다 썼어예. ……이해린가 하는 이름의 통장으로 돈이 다 가고……. 통장이 무려 열세 개입니더."

최별라는 흥분을 감추지 못하겠다는 듯이 외쳤다. 당황한 이나가 최별라를 막았다.

"여사님, 안 됩니다. 누가 이런 통장 내역을?"

"여사는 무신 여삽니꺼. 제가 이명박이 부인 김윤옥도 아니고. 그냥 자매라고 부리시소. 그리고 와요? 와 뭐가 안 된다는 겁니꺼?"

이나는 일단 최별라가 흔들고 있는 종이를 나꿔챘다. 그리고 낮은 목소리로 물었다.

"여사, 아니 자매님, 이거 어디서 나셨어요? 이거 범죄입니다."

"와요, 와 이게 범죄입니꺼? 돈 모금해서 지네들끼리 해처먹는 신부가 범죄자지, 그걸 밝히려고 우리 죽은 딸 친구가 목숨 걸고 빼내온 게 와 범죄입니꺼? 야?"

이나는 일단 최별라의 손을 잡았다.

"자매님, 제 얼굴 좀 보세요……. 그래요, 맞습니다. 따님 친구가 은행에 계세요?"

이나가 물었다. 최별라의 눈가로 진물 같은 눈물이 다시 번졌다.

"야. 보니께네 이놈의 섀키가 이해린지 뭔지 도와준다고 모금하는 통장 번호를 페이스북하고 카카오스토리에 올리기에 제가 부탁했어예. 마침 그 은행에 제 딸 친구가 있었거든예. 해달라고 떼를 썼어예. 유치원부터 같이 댕긴 친구거든예……. 그 친구가 빼내줬어예. 이놈의 섀키가 통장이 열세 개라 카대예. 이상하게 이 통장 끝내고 다시 만들고 또 만들고. 신부에게 무슨 통장이 열세 개나 필요합니꺼? 게다가 딸 친구하고 이걸 들여다보니 온갖 데서 돈이 들어오면 다 이해리에게 줘삐리더라고예. 슨생님, 이게 대체 뭡니꺼. 이 인간 분명히 자기 페이스북에 이 돈 모아 장애인 돕고 세월호 유가족 주고 밀양 송전탑 할머니들 준다고 했지예?"

"별라 자매님, 금융실명제에 의하면 이걸 볼 수 있는 건 검찰뿐이에요. 이걸 빼내는 것도, 보는 것도, 이걸 가지고 있는 것도 다 실정법 위반이라고요."

"기자님, 저 감옥 가는 거 하나도 안 무서워예. 감옥 가믄 되지예. 저놈 집어넣고 지는 감옥으로……."

"자매님이 감옥 가는 것도 안 되지만, 실정법상으로는 이걸 빼내준 그 친구가 가요. ……은행에서 잘리고 그리고 감옥에……."

그제서야 최별라는 약간 냉정해질 수 있는 듯싶었다. 울먹이기 시작한 것이다.

"그랍니꺼?"

"예……"

잠시 침묵이 흘렀다.

"그라믄 우짜믄 좋습니꺼? 이거 보믄 이것들이 다 해묵고 있는데 우짜믄 좋냐고예? 저 미친 것들이 거짓뿌렁 소송에 이겼다고 이제 돈은 더 거둬들일 텐데……. 기자 슨생님, 우짜믄 좋아예."

최별라는 핸드폰을 꺼내 백진우와 이해리의 페이스북을 열었다. 화면 속에서 꽃다발이 쌓이고 모금이 시작되고 있었다.

장애인들을 위한 집을 지어야 합니다.

우리 장애인들은 이제 좋은 시설에서 살아야 합니다.

여러분, 미혼모로서 온갖 역경을 이겨내고 성추행범의 파렴치한 누명까지 벗고 빛나는 이 가련하고 가냘픈 여인을 주목해주십시오. 이 여성은 가히 한국의 마더 데레사가 아닐까요?

박수 소리가 페이스북의 긴 댓글 행진을 이어가고 있는 듯했다. 구겨지는 최별라의 얼굴을 바라보며 이나는 말을 돌렸다.

"……무진 교구는 뭐래요?"

"총무부에 계신가 뭔가, 총대리 신부를 만났어예. 주교님의 권한을 행사하는 신부라고 하대예. 제가 백 신부가 모금해서 돈 모아서 다 어떤 여자 줬다고 하니까, 증거를 가져오라는 거라예. 그래서 이걸 내밀었지예. 그랬더니 슨생님처럼 정색을 하면서 '불법자료를 볼 수 없습니다. 전 이거 본 적도 없는 거고 자매님도 이거 가져온 적이 아예 없는 겁니다' 하더라고예. 그래서 제가 하도 화가 나서 '그라믄 신부님요, 두 사람이 일단 거의 같이 사는 거 본 사람이 있는데 와서 증언도 해줄 수 있다 켔는데 그래도 신부 시켜줍니꺼?' 하니까 이럽디다. '자매님, 저희가 불러서 다 조사를 했어요. 백 신부 불러서 물어보니 그녀가 성추행당해서 도와주느라 자주 드나든 거고, 돈은 절대로 그런 일이 없다고 하네요. 우리가 검찰처럼 수사권이 있는 것도 아니고, 아니라는 사람 어떻게 합니까? 증거를 가져오세요. 자꾸 여기서 이러지 마시고요. 무진 교구에 하루에 이런 건이 몇 건이나 접수되는 줄 아십니까? 우리도 힘들어 죽겠어요.' 이러는 거라예. 기도 안 차지예? 이런 게 몇 건씩이나 접수되다니……. 게다가 백진우 신부 불러서 물었더니 아니라고 했다, 이게 대답입니더. 기도 안 찹니더."

"제가 좀 알아봤는데, 실은 신부가 주교의 허락 없이 돈을 모금하는 거 불법이에요."

"그렇죠, 슨생님. 그런데 와 교구는 저놈을 그냥 놔두는 건가예? 와예?"

이나는 대답하지 못했다. 저도 냉담 중이에요. 그렇게는 대답
하지 못했기 때문이다.

13

나만고양이없어 어떻게 하면 좋지요?

민주언론쟁취하자 일단 불법 증거는 안 돼.

나만고양이없어 가만히 들여다보니 가관이에요. 참 이상하죠. 통
장을 들여다보는데 이 한 개인의 생활이 보여요.
어느 날 데레사라는 여자와 막 돈을 주고받다가
이해리가 나타나요. 그 시점에서 이해리에게 돈이
막 전달되고 통장이 다시 바뀌니 이번에는 전국에
서 돈이 모금되고 지출은 한곳으로 가고 있어요.
이해리. 이해리. 이해리.

민주언론쟁취하자 데레사? 그건 누구야?

나만고양이없어 모르죠.

민주언론쟁취하자 참 우리 어머니 성당에 나가시려 하는데 거 말려
야겠군……. 교구에 내면 어때? 거기에서 징계당
하지 않나?

나만고양이없어 무진 교구에 갖다 내려다 말았대요. 불법 증거물

이라고 손도 안 대려 하더라네요. 게다가 무진 가톨릭 교구 그 사람들 꼴통들이거든요. 보수로 유명한. 게다가 요즘은 그 교구청도 장애인 복지시설인 소망원 횡령 추문이 번지고 있어요. 알아보니까 요즘 교구도 그것 때문에 코가 석 자나 빠져 있대요. 사람이 엄청 죽었는데 통계조차 없는 모양이에요. 곧 큰 사건 터질 것 같다고 이곳에서 수군수군…….

민주언론쟁취하자   참, 우리 어머니……. 가톨릭까지 그러면 우린 누굴 믿고 사나? 참.

나만고양이없어   어머니더러 ㅜㅜ 가시지 말라 하세요.

민주언론쟁취하자   그럼 절에 가시라 할까?

나만고양이없어   그냥 집에 계시라 하세요. 절도 난리예요.

민주언론쟁취하자   허참, 교회도 난리고……. 에혀, 그냥 가시던 대로 가끔 무당한테나 가시라 할까. ……그건 그렇고. 그래도 교구가 그걸 근거로 신부를 추궁할 수는 있겠지만……. 음, 하지만 신부가 만일 그걸 들고 불법 추적을 신고해버리면 교구도 그걸 제공한 사람도 다 난처해지니 교구로서는 위험을 감수하면서 그걸 받지는 않을 거야.

나만고양이없어   ㅠㅠㅠ 최별라 여사가 준 걸 가지고 와서 보니 상당

수의 돈이 교구로도 들어갔어요. 누가 받았는지
는 모르겠지만요. 제가 교구 신부들의 이름을 다
모르니 일단 백 신부가 돈을 보낸 남자들의 이름
을 두고 구글링을 해보려고 해요. 아무래도 무진
교구 윗선에 있는 신부들 같아요.

민주언론쟁취하자　너무 어려운 거 관심 가지는 거 아니야? 천주교
를, 게다가 무진 교구를 건드리려고?

나만고양이없어　건드리려는 게 아니라…… 이게.

민주언론쟁취하자　……어머니는 좀 어떠셔?

나만고양이없어　……혼자서 곧 돌아가실 것처럼 비장하시더니 이
제 죽기 전에 대작을 남기신다고 그림 열심히 그
리고 계세요.

민주언론쟁취하자　도움을 못 줘 미안하네. 대신 여전히 찜찜하다면
그 이해리인지 그 여자 잘 살펴봐. 나도 자네 말
듣고 페이스북을 한번 훑어보았는데 좀 이상한
느낌은 있어. 이렇게 된 것도 인연이니 한번 쭉 추
적해봐. 어차피 거기 있어야 하니.

그리고 팀장은 한마디를 덧붙였다.

민주언론쟁취하자　참, 소개해주고 싶은 사람이 있어. 거기 인권 센터

104

에 서유진이라는 분이 있어. 일명 '도가니 사건'으로 알려진 자애 학원 문제 해결에도 많은 공을 세운 사람이야. 찾아가봐. 내가 문자로 연락처 보낼게.

사건은 그렇게 벽에 부딪히는 듯 보였다. 별다른 성과를 거두지 못한 최별라는 부산으로 돌아갔고 이나는 엄마와 소소한 일상을 보냈다. 엄마의 간 수치는 떨어지지 않았다. 이상하다면 이상한 일이었다. 엄마는 몇 번 이나에게 "그냥 서울로 올라가. 나 괜찮아" 하고 말했으나 이나는 그럴 수도 없었다. 일주일에 한 번 하는 검사에서 간 수치가 정상으로 돌아오면 바로 수술 날짜를 잡겠다고 주치의가 말했던 터였다. 이나가 그럴 수 없다고 대답하자 엄마도 더 이상은 조르지 않았다. 모녀는 이나가 서울로 떠난 지 이십 년, 근 이십 년 만에 두 사람만의 나날을 이어갔다. 젊은 엄마와 어린 소녀가 이제 다 큰 두 성인으로 만난 동거는 그리 나쁘지는 않았다. 다만 가끔씩 살아온 날들이 상이해서 서로 부딪히려고 하면 '곧 죽을지도 모른다'라는 생각이 서로를 진정시켰다.

"몽테뉴가 그랬나, 양배추를 심는 동안 죽음이 찾아오기 바란다. 내가 죽음에 무심하는 그 순간에……. 내가 요즘 그런 심정이야."

엄마는 가끔 죽음 이야기를 그렇게 꺼냈다.

"난 양배추 싫어!"

"야, 이 녀석아, 말이 그렇다는 거지! 이 가을에 양배추 심을 수

나 있니? ……어라, 가만 심을 수가 있나? 양배추도 배추니까."

"심을 수 없을 거야. 가을엔 나무만 심지 무슨 채소를 심어?"

"무슨 소리야, 배추는 가을에 심는다고!"

"엄마, 우기지 말고 구글 찾아봐."

"넌 꼭 엄마를 그렇게 우습게 알더라. 구글이 다 맞는다는 법이 어딨니? 게다가 서양 애들이 우리나라 배추에 대해 뭘 알아?"

두 모녀는 그런 말도 주고받았다.

"의학적 사형선고를 받는 것이 말이야, 진짜 곧바로 죽지만 않는다면 꼭 나쁘다고 할 수 있을까."

엄마는 가끔 말했다.

"그래서 부처가 그랬나 봐. 인간은 놀랍게도 자신이 죽는다는 것을 전혀 알지 못하는 사람들처럼 살아간다고."

죽음을 조금만 더 생각 밖으로 밀어낸다면 조용하고 아름다운 나날이었다. 죽음 때문에 선물받은, 그래서 살아 있음이 생생한 특별한 이날들은 말이다.

그러던 어느 날 아침, 이나는 계속되는 문자 알람 소리에 깨어났다. 최별라였다.

슨생님, 빨리 페이스북 열어보시소. 백진우가 뭘 올렸는데 무진의 신부들뿐 아니라 온 신부들이 다 공유하고 미친갱이들이 우리 신부님 보호한다 카고 난리라예.

이나는 핸드폰으로 페이스북을 열었다. 이나의 페이스북 친구
의 글이 올라와 있었다.

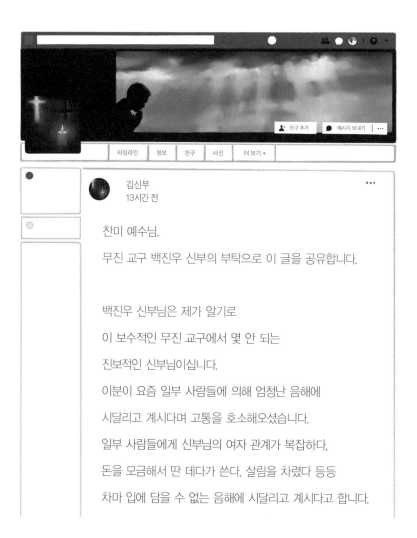

김신부
13시간 전

찬미 예수님.

무진 교구 백진우 신부의 부탁으로 이 글을 공유합니다.

백진우 신부님은 제가 알기로

이 보수적인 무진 교구에서 몇 안 되는

진보적인 신부님이십니다.

이분이 요즘 일부 사람들에 의해 엄청난 음해에

시달리고 계시다며 고통을 호소해오셨습니다.

일부 사람들에게 신부님의 여자 관계가 복잡하다,

돈을 모금해서 딴 데다가 쓴다, 살림을 차렸다 등등

차마 입에 담을 수 없는 음해에 시달리고 계시다고 합니다.

더구나 평소 백진우 신부님의 행적을 못마땅하게 여긴

일부 무진 교구 보수파 신부들이

평소 세월호의 진상을 알리려고 노력해온

백진우 신부를 징계해야 한다고 주장하며

이루 말할 수 없는 고통을 준다고 합니다.

만일 이와 같은 음해를 들으신 분은

백진우 신부의 페이스북 메시지로

신고해달라는 부탁이십니다.

이제 이런 유언비어를 퍼뜨리는 사람은

법적 조치도 불사할 거라고 합니다.

어쩌다가 이런 세태가 되었는지 저는 씁쓸하며

백진우 신부를 위해 기도해주실 것을 부탁드립니다.

다음은 백진우 신부의 페이스북에서 인용한 일화입니다.

신부님과 과부 이야기

한 신부님이 젊은 과부 집에 자주 드나들자

이를 본 마을 사람들은 좋지 않은 소문을 퍼뜨리며

신부를 비난했습니다.

그런데 얼마 후 그 과부가 세상을 떠나고 말았습니다.

그제서야 마을 사람들은
신부가 암에 걸린 젊은 과부를 기도로 위로하고
돌보았다는 사실을 알게 되었습니다.

그동안 가장 혹독하게 비난했던 두 여인이
어느 날 신부를 찾아와 사과하며 용서를 빌었습니다.

그러자 신부는 그들에게 닭털을 한 봉지씩 나눠 주며
들판에 가서 그것을 바람에 날리고 오라 하셨습니다.

그리고 얼마 후 닭털을 날리고 돌아온 여인들에게
신부는 다시 그 닭털을 주워 오라고 하셨습니다.

여인들은 바람에 날려간 닭털을
무슨 수로 줍겠냐며 울상을 지었습니다.

그러자
신부는 여인들의 얼굴을 뚫어지게 바라보며 말했습니다.
나에게 용서를 구하니 용서해주는 것은 문제가 없으나
한번 내뱉은 말은 다시 담지 못합니다.

험담을 하는 것은
살인보다도 위험한 것이라는 말이 있습니다.
살인은 한 사람만 상하게 하지만
험담은 한꺼번에 세 사람을 해치는 결과를 가져옵니다.

첫째는 험담을 하는 자신이요
둘째는 그것을 반대하지 않고 듣고 있는 사람들이며
셋째는 그 험담의 화제가 되고 있는 사람입니다.

남의 험담을 하는 것은 결국 자기 자신의
부족함만 드러내고 마는 결과를 가져올 뿐입니다.

이나는 커피를 들고 거실 문을 열고 정원으로 나갔다. 이상하게 이번 가을 무진은 매일 흐렸다. 하늘과 수평선의 경계는 모호했고 새들만 호르르호르르 날아다녔다. 밤새 먼바다로 밀려나갔던 바다는 이제 밀물로 밀려들어오고 있었다. 어부들이 곧 물이 들어차면 출항을 하려고 통통배 위에 오르는 것이 언덕 아래로 보였다. 어부들은 배에 가득 가을 전어를 채워 돌아올 것이다. 이나는 어린 시절 앉았던 테라스 벤치 그네에 앉아 하늘빛과 비슷하게 흐린 바다를 보았다. 왜 늘 부끄러움은 그리고 이 덜덜 떨려오는 수치심은 멀쩡한 사람들의 몫인지, 결석하지 않은 아이들이

'요즘 결석들을 너무 많이 한다'고 야단을 맞았던 학창 시절부터 마흔이 다 되어가는 오늘까지, 엄청난 살육 후에 현장에서 칼을 내던진 사나이가 너무나도 애처롭고 슬픈 표정을 짓고 있는 장면을 모두 본 후처럼 진정이 되지 않았다. 이나는 떨리는 가슴을 진정시키고 천천히 식어가는 커피를 마셨다. 그리고 다음과 같은 글을 올렸다.

한이나
방금

만일 어떤 사람이 성스러운 수단을 입고

입을 열면 가난한 사람들을 위해 일한다고 말하고

마더 데레사와 프란치스코 교황

성녀 아가다와 가난한 자의 성녀 헝가리의 엘리사벳 등의

사진으로 게시물을 도배하면서

성스러운 돈을 모아

그 돈을 다른 좋은 곳에 전하는 척하고 있다면

그가 설사 양의 탈을 쓴 늑대이고

그가 사실은 어떤 여자의 소녀 시절,

신부의 옷을 입고 소녀를 성추행을 했던 사람이라면

그가 실은 가난한 사람을 위한다며 모금한 그 돈을

세월호 유가족과 밀양 송전탑에서 싸우는 할머니들과

쌍용자동차 노동자에게 준다고 모은 그 돈을

현재 어떤 여자와 둘이 쓰고 있다는 걸

아는 사람이 있다고 한들

사람들은 그걸 알아볼 수 있을까?

세상은 그걸 밝힐 수 있을까?

무진에 도착한 지 이 주일째

오늘도 무진엔 안개가 짙다. 안개는 모든 것을 가린다.

환하고 하얀 이 어둠······.

14

      한이나의 글은 친구에게만 공개된 상태였다. 한이나의 페이스북 친구는 그리 많지도 않았다. 그런데 바로 전쟁이 시작되었다. 첫 전화벨은 그다음 날 이른 아침부터 울렸다. 뉴스텐의 팀장이었다.

"대체 뭘 한 거야? 우리 뉴스텐 게시판이 마비되었어."

"네?"

시간을 보니 아침 일곱 시가 좀 안 된 시간이었다.

"우리 뉴스텐 독자 게시판이 밤새 자네 성토로 마비되었다고."

이나는 무슨 소리인지 당연히 알아들을 수 없었다.

"자네 페이스북에 백진우 신부인지 그 사람 욕하는 글 썼어?"

이나는 침대에서 일어나 앉았다. 머리가 쭈뼛 선다는 것이 이런 거구나, 한참 후에 생각하기도 했다.

"뭐 아니라고 할 수도 없지만 그 사람인 걸 명시한 것도 아니고……"

"일단 쓴 거 맞지? 누가 봐도 무진 교구 백진우 신부 이야기이지? 그러니까 그 추종자들이 미친 사람들처럼 그걸 캡처해서 날랐나 봐. 그리고 자네가 친구 보기로만 해놓으니 댓글을 달 수가 없다면서 자네 프로필에서 뉴스텐 근무라는 것을 알아내가지고 밤새 박 기자가 전화 받느라 사무실 다 마비되고 그들이 우리 게시판을 도배해놔서 일단 게시판을 잠시 수리 중이라며 폐쇄했어."

"……어쩌면 이런 일이……. 죄송해요."

말하면서 이나는 팀장이 "무슨 소리야. 잘못하는 건 그들이지, 자네 잘못이 아닌데" 하길 바랐는가 보았다. 팀장은 뜻밖에도 아무 말도 하지 않았다. 전화기 저쪽에서 불쾌해하고 있는 기운이 이쪽까지 선명하게 전달되었다. 불쑥 정체를 알 수 없는 분노가 울컥거렸다. 자신은 뉴스텐에서 특종도 몇 개 가지고 있는 민완 기자인 것이다. 그러나 갑자기 서투른 일을 저질러놓고 아무것도 모르는 신참 기자 취급을 받는 것 같아 몹시 서운했다.

"어서 조치해."

팀장은 냉정한 말투였다.

"알겠습니다."

이나는 페이스북을 열었다. 댓글로 달지 못한 그녀에 대한 욕설이 페이스북 메신저를 타고 흘러넘치고 있었다. 이나는 일단 그 글을 자신만 보기로 고쳐 공개되지 않도록 했다. 컴퓨터 앞에 앉은 이나의 뒷모습을 보고 엄마가 다가왔다.

"무슨 일이니?"

이나는 잠시 망설였다. 하지만 숨기기에는 일이 좀 커져버린 듯도 했다. 메신저에는 이미 이나의 신상 정보를 다 알아내어 엄마 오승화 화백의 사진까지 올라 있었고 실질적 협박도 있었다. 댓글에는 보수적인 무진 교구의 사주를 받아 진보의 탈을 쓴 뉴스텐의 기자가 백진우 신부를 음해한다는 내용이 들어 있었다. 그들에 따르면 한이나 기자는 이미 보수당에서 진보 언론으로 파견한 세작으로서의 지위가 들통나 쫓겨났고 이제 고향으로 와서 백진우 죽이기의 사명을 수행하는 음모를 펼치고 있다는 데까지 사태가 진전되어 있었다. 그 증거로 엄마 오승화 화백과 주교는 대학 동기이며 이나의 친부 역시 주교와 절친이었다는 것을 증명하듯 학창 시절의 사진까지 돌고 있었다. 섬뜩했다. 이나는 한 번도 보지 못한 엄마와 친부의 학창 시절 사진이었다.

'당신이 성추행당했다는 증거를 대라'라는 구절까지도 있었다. 만일 이나가 그 자리에 있었다면 누군가 그 자리에 그녀를 묶고 "마녀다, 마녀야!" 하며 불이라도 질러버릴 기세였다. 거기에 더해 엄마의 사진까지 보자 비로소 군중들이 돌멩이를 들고 자신을 겨누고 있는 것을 보기라도 한 것처럼 오싹해졌다. 어차피 엄마는 꽉 막힌 사람은 아니었으니 더 늦기 전에 이제라도 설명을 하는 것도 나쁘지 않은 듯해서 이나는 일단 숨을 한 번 크게 들이켰다.

"내가 누구를 모호하게 비난했는데…… 그 일당들이 그걸 알아버렸어. 그리고 엄마까지 알아냈어. 요즘 애들 말로 신상이 털렸다고 하지."

"뭐라구?"

엄마는 무슨 소리인지 이해하지 못하는 것 같았다.

"네가 뭘 했는데?"

"페이스북에 글을 올렸는데……."

"그게 블로그 같은 거니?"

엄마는 예전에 블로그를 잠시 한 적이 있었으므로 그렇게 물었다.

"비슷한데 관계망이 더 촘촘하지."

"사람들이 다 볼 수 있게?"

"……어, 그러니까 내가 평소에 교류하는 사람들만."

"……뭐 그래도 공개를 한 거지? ……그래서 어쨌든 네가 비난한 사람이 정치인이야?"

"아니, ……가톨릭 신부."

엄마는 잠시 멈칫했다.

"신부를 네가 왜?"

"얘기가 긴데……."

"혹시 나도 아는 사람이니?"

역시 엄마는 뭐랄까, 예술가답게 촉이 빨랐다. 이나가 아주 잠시 운을 떼었을 뿐이었는데도 대충 빠르게 사태를 알아차린 듯이 보였다. 이나는 약간의 부연 설명을 했다. 다만 고등학교 1학년 때 백 신부와의 일은 거의 아니라고 할 만큼 줄여 말했다. 그리고 아직 해리의 이름은 입에 올리지 않았다. 약간 파리한 낯빛이 된 엄마는 갑자기 많이 늙어 보였다. 엄마는 뭘 해야 하는지 알 수 없다는 듯 어쩔 줄 모르는 표정이더니 이내 이나의 어깨에 손을 얹었다. 그리고 침을 길게 삼켰다.

"왜 말하지 않았니, 라고는 묻지 않을게. ……정말이야? 그게 다니? 하고도 묻지 않을게. 더 무슨 일을 당한 건 아니겠지? 라고도 하지 않을게. ……그래, 너로서는 말하지 않는 편이 더 낫겠다고 생각했겠지."

엄마는 머리를 감싸 안았다.

"그래, 이나야. 아무것도 아니야. 아무것도 아니라고."

엄마는 아무것도 아니라면서 안절부절 오락가락했다. 그래, 엄마는 늘 저랬어, 싶자 이나는 그 와중에도 얼핏 웃음이 나왔다.

"이나야, 일단 이 사태에 대처를 하자. 무진 경찰서에 엄마 아는 사람이 있어. 집안 경비를 부탁하고."

"진정……해. ……그럴 것까지야……."

이나는 엄마를 바라보았다. 뜻밖에도 엄마의 눈에 눈물이 가득 고여 있었다.

"그래? 오버하는 건가? 그래도, 그래도 안전해서 나쁘진 않잖아……."

엄마는 자리에 앉았다. 이나는 찬물을 한 잔 따라 엄마에게 건넸다. 엄마는 골똘한 표정을 하며 찬물을 한 잔 다 마셨다.

"그래……. 그래, 괜찮아. 그런데 이나야, 사람들이 참 많이 사나워졌다. 무서워. 저 사람들 우리 신부님, 우리 신부님 하는 걸 보니 다 가톨릭 신자이겠지."

"그러네."

이나는 잠시 맥 빠지게 웃었다.

"네가 서울로 떠날 때가 생각나. 고1 봄에 말이야, 넌 지긋지긋하다는 표정이었어. 난 실은 그때 많이 상처받았단다. 내가 재혼해서 네가 싫어한다고 생각했어. 새아빠가 네 맘에 안 드는 걸로."

떠나가던 이나가 아니라 보내던 엄마가 상처받았다는 말에 이나는 약간 놀라긴 했다. 그때 엄마가 어떤 심정일지는 아직까지 한 번도 생각해본 일이 없었다. 상처가 가져다주는 어둠은 이런 것이 또 있었구나, 이나는 처음으로 생각했다. 자신의 상처에 갇혀버리는 것, 그리하여 결국 이기적이 되고 마는 것……. 어떤 표정을 지어야 할지 몰라서 그녀는 몇 방울 남지도 않은 커피를 마셨다.

"새아빠는 그리 나쁘지 않았어. 나름 훌륭한 분이셨잖아. 물론 그렇다고 해서 엄마를 빼앗긴 것 같은 기분이 아주 없었던 것은 아니야. 그리고 내 취향의 남성은 당연히 아니었고."

　말을 마치면서 이나의 목울대로 무언가가 꿀꺽 넘어갔다. 이미 돌아가신 분 이야기를 더 길게 할 필요는 없을 것 같았다. 엄마는 지금 이나가 받고 있는 실질적 협박보다 그녀가 예전에 당했다는 약간의 성추행—이것은 이나의 말이었다—이 더 충격적인 것 같았다. 엄마의 얼굴이 이루 말할 수 없이 복잡해지는 것 같았다. 이나는 잠시 고개를 떨구었다. 그제서야 열려 있는 창으로 들어오는 바람이 차다고 느껴졌다. 맨발이었다. 이나는 현관으로 가서 실내화를 신었다. 실내화를 신는데 문득 여고에 막 입학했던 그녀가 좋아하지도 않던 백진우 신부에게 그렇게 속수무책이었던 이유가 번갯불에 드러나는 어둠 속 광경처럼 순간 선명해졌다. 이나가 태어나 그녀의 생애 전부를 단둘이 살던 엄마가 어느 날 새아빠와 함께 방문을 닫고 들어간다. 천둥이 치거나 바람이 부는 날 밤에 베개를 가지고 엄마 침대에 갈 수도 없었던 것이 견딜 수 없이 그녀를 외롭게 만들었나 보았다. 그것이 백진우의, 유혹이라면 유혹을 거부하지 못했던 이유일 수 있겠다 싶었던 것이다. 명백히 그를 이성으로 좋아했던 것도 아니면서 그가 불러낼 때마다 거부감 없이 따라나섰던 것은 아마도 그래서였을 것이었다. 그런 생각을 구체적으로 해본 것은 처음이었다. 갑자기 열일곱 살이 된 것처럼 이나의 마음은 아주 섬세해졌다. 그리고 그날의 두려움이 이제야 아픔으로 한 번 더 밀려오며 눈가가 뻑뻑해졌다. 만일 눈물이 여기서 터져버리면 이나는 자기 자신을 감당하지 못할 것 같았다. 아직 그때는 아닌 것 같았다. 이나는 눈물을 보이게 될까 봐 커피 머신으로 가서 버튼을 눌렀다.

"그래……, 나는 오랫동안 내 재혼에 대해 너에게 미안했었단 다. 네가 서울로 가게 해달라고 고집을 피우는 게 다 그것 때문이 라고 생각했지. 그런데 그 지긋지긋하다는 표정 속에 이 일도 약 간은 있었겠구나?"

엄마가 물었다. 이나는 고개를 끄덕였다.

"굳이 말하자면 없다고는 못하지. 그렇다고 다는 아니고, 엄마."

"그래도 그때 모든 걸 말했으면 어땠을까?"

엄마는 많이 억제하고 있는 듯이 보였다.

"글쎄, 어땠을 거 같아? 길고양이 통조림을 만들었을까?"

이나는 잠시 웃으려고 했지만 엄마는 긴 한숨을 쉬었다.

"들어가서 좀 주무세요."

이나가 말하자 엄마가 팔짱을 낀 채로 서서 말했다.

"이건 그냥 오래 산 엄마의 직감인데, 이나야, 여기서 그냥 서 울로 가. 뭔지는 모르지만 덩굴이 큰 거같이 느껴져. 너 그거 아 니? 가톨릭 신부하고 싸워서 이긴 평신도는 단 한 사람도 없다 는 거? ……그거 엄청 부질없는 짓이야."

이나가 커피를 따르다 말고 엄마를 돌아보았다. 엄마의 얼굴은 엄마가 만지는 유화 캔버스처럼 딱딱해 보였다.

"신부하고 싸워서 이긴 평신도는 한 사람도 없어. 그들은 한 사람이 아니야, 그들은 그 전체야."

"알았어, 일단 주무세요. 어제도 밤샘했잖아."

엄마는 침묵하는 이나를 바라보다가 잠시 후 자신의 침실로 들어갔다.

바다는 아직도 흐렸다. 이나가 소파에 있던 카디건을 걸치고 실내화를 신은 채로 정원으로 나서려는데 갑자기 닫히려던 침실 문이 벌컥 열렸다.

"이나야!"

이나가 뒤를 돌아보았다. 엄마가 침실 문을 붙들고 서 있었다.

"이나야. ……엄마가 원래 교양 있는 사람이잖아, 그렇지?"

"뭐?"

이나가 놀라 물었다.

"암튼 나 교양 있는 사람인 건 확실해. ……그런데 안 되겠어. 그 쌍놈의 새끼, 우리 딸한테 어떻게 했어? 응? 어떻게 한 거야? 무슨 일이 있었던 거야? 왜 말을 안 했어? 길고양이 통조림을 왜 못 만들어! 어디까지 널 건드린 거야? 어린것이 너 혼자 그걸 안고 서울로 가서 얼마나 힘들었어!"

엄마의 목소리는 크레셴도 부호라도 달린 것처럼 점점 커지더니 이윽고 발을 구르며 울었다. 이나는 그 자리에 선 채로 움직이지 않았다. 엄마에게 이 모든 걸 당분간만이라도 부인할걸 하는 생각이 그제서야 들었다. 어쨌든 엄마는 암 환자였다. 엄마가 고통스러워하자 이나에게도 그날들이 새삼 다시 밀려왔다. 하수구 냄새가 나던 더운 입김. 블라우스 속으로 들어와 있던 손길. 얼어붙었던 이나. 귓불에 선명히 느껴지던 거친 입술의 감촉. 여고 1학년 이나에게 그것은 결코 성적인 접촉이 아니었다. 그것은 이나에게는 오랑우탄 혹은 뻣뻣한 털 달린 짐승 혹은 괴물 그도 아니면 해파리가 자신의 연한 피부와 접촉하는 것 같았고 외계인이나 어린이 프로에 나오는 확대된 거미 혹은 곤충의 손길처럼 두렵고 불쾌했다. 나중에 이나는 동성애자도 아니면서 군대에서 같은 남자에게 성추행을 당했던 친구를 만나 이야기하면서 그들이 그녀를 정확히 이해하고 있다는 것을 깨달았다.

세상은 섹슈얼하다는 의미를 붙여 그것을 성추행이라고 하지만 당하는 이들에게 그것은 그저 잔혹한 고문이었고 야만적인 폭력일 따름이었으며 너는 더 이상 인간이 아닌 벌레라고 하는 듯한 모멸의 폭포였다. 왜냐하면 돌아서 오는 길에 그녀가 집 담벼락에 쏟아냈던 구토 속에서 똥보다 더러운 것들이 가득 뱉어졌으니까. 세상의 모든 하수구가 그 손길을 통하여 혈관으로 들이부어지는 것 같았으니까. 기억은 이어졌다. 목소리 또 그 목소리. 달뜬 김으로 이나의 귓불을 훅훅 불어가며 불어넣던 것 같던 그의 목소리. 어떤 경우에도 미파솔만 사용하는 침착한 그의 전

달력.

"이건 이상한 게 아니야. 이건 성령의 뜻인지도 몰라."

사람들은 믿지 않았다. 그날을 그렇게 자세히 기억해? 세상에 태어나 부당함을 당해보지 않은 사람들이었다. 그 기억이 떠오를 때면 언제나 비명을 지르고 싶었지만 이나는 겨우 입을 열었다.

"엄마, 그건 너무 오래되었어……. 괜찮아, 난…… 서울에 좀 다녀올게요. 추석 전에 내려올게."

15

　　아파트 문을 열고 들어가자 고양이 완두는 졸던 눈을 떴다. 고양이처럼 눈에 감정이 실리지 않는 동물이 또 있을까. 지희가 고양이 완두를 위해 만들어놓은 거실 위 선반에 올라가 있던 완두는 지희의 책상 의자를 한 번 디딤돌 삼아 거실로 내려와 이나 곁으로 왔다. 그러고는 옆구리를 스윽 하고 스쳐 갔다.

"완두 잘 있었어?"

그게 다였다. 완두는 뒤도 돌아보지 않고 걸어가 이번에는 지희의 안락의자에 올라가 낮잠 자는 포즈를 취했다. 괘씸한 고양이 같으니라고. 이나는 익숙한 솜씨로 벽장에서 통조림 하나를 꺼냈다. 반짝하고 불이 밝혀지는 듯한 속도로 완두는 눈을 떴고 바로 이나에게 달려와 야옹거렸다. 고양이용 통조림을 줄 때 외에 자신에게 늘 쌀쌀한 고양이 완두를 보고 잠시 눈을 흘겼다. 코리안 쇼트헤어 특유의 짧고 윤기 있는 털, 흰 얼굴에 등과 발에만 덮인 검정 턱시도 빛깔, 적당한 살집, 그리고 긴 다리와 녹색의 눈. 완두에게 통조림을 부어주며 이나는 문득 너를 괴롭히는 놈이 있으면 길고양이 통조림을 만들어놓는다는 엄마를 생각했다. 무진역까지 이나를 데려다주며 엄마는 뜻밖에도 눈물을 보였다.

"미안해, 이나야. 내가 늙긴 늙었나 보지? 너와 함께 있었더니 참 좋아. 잠시 가는데도 네가 가는 게 참 서운하네."

역 광장에서 그렇게 말하던 엄마는 눈물을 닦으며 웃었는데 주름이 몇 개가 깊이 팬 것이 선명했다. 어쩌면 내년 추석에 엄마가 없을 수도 있는 걸까? 그럼 나는 다시 무진에 오게 될 수 있을까? 이나는 그런 생각을 하면서도 마치 천 년 동안 그래왔고 앞으로 천 년 동안 오래오래 함께 살 것처럼 무심히 엄마를 꼭 안아주고 역 안으로 들어갔다. 그리고 기차에 타기 전에 뒤돌아보았는데 엄마는 무진의 작은 역에서 보이는 주차장에서 차를 타지 않고 멍하니 기차 쪽을 보고 있었다. 이상했다. 먼 곳에서 바라보는 엄마는 그리 초라하고 가엾은 한 사람의 노인네였다. 이나는 얼른 시선을 돌리며 굳이 엄마를 찾아본 눈을 후회했지만 이미 늦었다. 마음이 아파오기 시작했던 것이다. 혹시라도 서울에 올라가 뉴스텐에서 그녀를 잡으면 못 이기는 척하고 눌러앉을까 하던 마음은 그래서 다시 무너졌고, 이나는 짐을 아주 챙겨 무진으로 내려오기로 마음먹었다.

아침에 병원에 물리치료 받으러 간다던 지희는 집에 없었다. 이 주도 안 된 부재였지만 방은 이상하게 식어 있었다. 늘 궁금해하는 것이지만 똑같은 방향으로 창이 나 있고 똑같은 볕이 창으로 들어서는데 주인 없는 방은 왜 이리 차갑게 느껴지는 것인지. 벌써 10년 전이었던가, 결혼식장까지 예약했던 남자와 헤어지고 나서 이나는 주말마다 배낭을 메고 산으로 갔다. 하루는 하산길에 어떤 남자가 차를 한잔 청했다. 차 말고 맥주면 할게요. 이나는 대답했었고 남자가 그날 500시시짜리 맥주를 여덟 잔이나 마시고 난 후 저녁 거리를 걸으며 다시 말했다.

"참 이상하죠. 당신에게서 찬 기운이 많이 느껴졌어요. 난방을 했으나 사람이 떠난 방처럼 서늘한 기운 같은 거. 아, 외롭다는 것과는 달라요. 그거 그냥 뭐라고 설명하기 힘든데……."

그날 이후 이나는 그 남자와 3년을 만났다. 그것도 이미 오래전의 일들이었다.

이나는 창가로 다가가 커튼을 열었다. 창문 밖에는 창들이었다. 그래, 이게 서울이었다. 창문이 있어도 창을 가리고 살아야 하는 도시. 커튼을 내리고서야 불을 밝혀야 하는 방. 잠시 후 현관문이 열리는 소리가 들렸다. 지희는 목발을 짚고 있었다. 이나가 엄마의 병 소식을 듣고 무진으로 떠날 때만 해도 지팡이를 짚고 있었는데 상황이 점점 나빠지고 있는 것 같았다. 방송국 교양시사 프로의 작가로 활동하던 지희는 어처구니없는 교통사고로 아킬레스건을 다치고 지금은 집에서 번역 일을 하고 있는 이나의 룸메이트, 아니 하우스메이트였다.

"······괜찮아?"

이나가 지희의 백을 받아 들며 묻자 지희가 힘겹게 신발을 벗고 거실로 올라섰다.

"왔구나. 발을 다쳤으니 발이 아플 줄 알았는데 어깨가 아프다니. 이런 반전이 또 있겠니? 목발을 짚으니 어깨가 빠질 것같이 아파."

지희는 목발을 세워놓고 그녀가 늘 앉던 안락의자에 앉은 후 완두를 무릎에 올렸다. 이나가 온 것이 반가운 빛이 얼굴에 가득했지만 그것을 드러내놓고 나타내면 자신답지 않다고 생각했는지 고개를 들었을 때 지희는 여전히 그 무표정으로 돌아와 있었다.

"점점 더 심해지고 있어. 어쩌면 조금 있다가 휠체어를 타야 할지도 몰라. 오늘 주민 센터에 가서 장애인 등록하고 왔어. 우리나라 좋더라, 의외로. 이제 외출하려면 도우미를 부를 수도 있다고 하네. 부르면 실제로 오는지는 아직 모르겠지만."

지희는 그녀 특유의 카랑카랑한 목소리로 말했다. 거기에는 '날 동정하면 가만히 있지 않겠어' 하는 엄포가 서려 있었다. 이럴 때 지희는 아주 기분이 좋지 않은 것이었고 이나는 오랜 우정을 가진 사람들이 그렇듯 약간은 거리를 두는 편을 잘 알았다. 지나친 세심함, 지나친 예민함, 지나친 보살핌 등은 사실 이나와 지희에게는 불편한 것이었고 그것이 다른 여자 친구들과는 달리 둘을 그럭저럭 하우스메이트가 되어 살도록 하는 동력이었음은 말할 것도 없었다. 지희의 말에 따르면 "이나가 기자 생활이 바빠 집에 있는 시간이 몹시 적은 것"도 둘 사이의 불화 없음의 전제 조건이었다.

"이나야, 그거 알아? 그 백 신부 통장을 자세히 분석해보면 세 여자가 나와."

오랜만에 함께 점심을 먹고 간단히 설거지를 하고 있는 이나의 등 뒤에서 지희가 말했다. 무진에서 이나가 보내준 자료들을 검토한 것 같았다. "그래?" 하고 이나가 물었다.

"신기하게 처음에 육선옥인지 뭔지 하는 여자가 자꾸 돈을 보내. 백만 원도 보내고 오백만 원도 보내. 그러면 백 신부도 백만 원도 보내고 오백만 원도 보내. 꾸어주고 받는 건지 이해가 안 가지만 아무튼……."

"가만, 이름이 뭐라고?"

"육선옥."

"그거 신부 엄마 아닌가 싶어. 예전에 자기 엄마가 육영수 여사 먼 친척이라고 한 이야기가 기억나. 육씨가 그리 흔한 성이 아니라서."

"그래? 그럴 수도 있겠다. 그런데 왜 돈을 주고받지? 엄마라면 보통 자식이 돈을 주잖아. 그런데 이 사람들 아주 빈번하게 돈을 주고받아. 그렇게 생각하니 이상하네. 왜 이렇게나 자주 돈을 주고 받을까. 그게 엄마라면 더더욱."

지희는 노트북을 펴 들고 이나에게 말을 하다가 무언가 메모를 써넣었다. 이나는 문득 지희가 자신이 없는 긴 밤들 동안 저

자료들을 분석했을까 하는 생각을 했고 자신이 마치 불구가 된 약혼녀를 버려두고 노모를 보러 간 불성실한 약혼자 같을 수도 있다는 생각을 하곤 잠시 혼자 웃었다.

"이런 생각하면 어떨까 모르겠는데, 이건 전형적인 돈세탁 수법이야."

"돈세탁? 엄마랑?"

"엄마인지 확실하지 않잖아. 아무튼 어디선가 이 남자에게 자꾸 돈이 오는데 이 엄마에게 왔다 갔다 하면서 통장도 바꿔 거래하고. 돈세탁."

무심히 생각하던 이나는 갑자기 어깨가 굳어지고 있었다.

"그리고 어떤 여자가 나타나지. 데레사라고 표기된. 그녀는 계속 백 신부에게 돈을 보내. 이 여자는 백만 원, 이백만 원 이렇게 뚝 떨어지는 액수가 아니고 일천삼백구십칠만 뭐 이런 식으로……. 돈의 액수도 좀 커. 그런 건 무언가를 판 돈이 아닌가 싶어, 거래 말이야. 그리고 이 년 전부터인가 이해리라는 이름이 등장하지. 재미있는 것은 이해리에게는 모두가 백진우 신부에게서 나가는 돈이란 말이야. 그리고 이 양반 대담하게도 이해리 대학원 등록금, 이해리 의상 뭐 이런 걸 써놔. 아마 이때는 그냥 전면적 관계가 아니고 그저 사적인 관계 아닐까 싶어. 성직자로서 스스로에게도 별로 그 이름이 부끄럽지 않은? 이게 한 일 년 반. 그러다가 드디어 작년 어느 날부터 말없이 돈이 나가. 뭉텅이로 뭉텅이로……."

"그래?"

설거지를 끝내고 수돗물을 잠그면서 이나가 물었다.

"음, 그리고 재미있는 것은 이때 처음으로 백 신부의 통장에서 데레사라는 여자에게로 천오백만 원이라는 큰 돈이 나가고, 그리고 데레사는 영원히 이 통장에서 사라져."

문득 지희와 이나의 눈이 마주쳤다. 영원히 사라진다는 표현이 목에 걸렸기 때문인 것은 확실했다.

"누굴까?"

"그거야 모르지."

그녀에 대해서는 이나도 궁금했다. 지난번 팀장과 이야기할 때도 데레사라는 여자의 정체에 대해 서로 궁금해했던 생각이 났다.

"그리고 말이야, 그 이후의 통장을 보면 수많은 사람들의 이름으로 통장에 입금이 돼. 그러고 나면 이해리에게 뭉텅. 또 수많은 사람의 이름으로 입금이 되고 그러고 나면 이해리에게 뭉텅. 아, 여기 좀 색다른 거 있다. 무진 가든. 무진 수사. 이런 건 십오만 원에서 이십만 원. 이건 체크카드를 써서 바로 통장에서 빠져나간 걸 표시한 것 같고……. 아주 재밌게들 노시는구먼."

이나는 지희의 곁으로 가서 함께 노트북을 들여다보았다. 수많은 사람들, 주로 여자들이라고 추측되는 이름 혹은 아이들이라고 추측되는 이름인 문선화, 김영미, 김대철 혹은 이아름, 송보람 등등이 거기 적혀 있었다.

"이 여자들 나에게 와서 엄청나게 악플 단 사람들이네."

이나가 이름을 가리키며 말했다.

"그래?"

지희가 팔짱을 끼며 그 이름들을 들여다보았다.

"특히 이 여자, 자주자주 백 신부에게 보내더라고, 한 번에 액수는 많지 않은데……. 맞아, 내가 보니까 백진우 신부 페이스북에도 일빠로 언제나 댓글 다는 여자야. 참 안됐다. 우리가 이렇게 이 통장 다 들여다보고 있는 것도 모르고 이나 너한테까지 악플을? ……불쌍한 사람이네."

"이거 복사해서 이 여자에게 메시지로 보내줄까?"

이나가 물었다. 지희가 푸푸 하고 웃음을 터뜨렸다.

"그리고 네 부탁대로 자산 알아봤어. 그녀가 운영하는 '엔젤스 윙(angel's wing) 주간보호 센터'에는 열다섯 명의 장애인 그리고 세 명의 직원이 있어. 이해리 자신까지 포함해 모두 네 명이야."

지희는 프린트된 자료를 책상 밑에서 꺼내 이나에게 건넸다.

"생각보다 규모가 아주 작은데?"

이나가 자료를 받아 들며 물었다.

"그렇지? 거의 점방 수준이야. 이게 전국 규모의 모금을 하다니 웃기지 않아? 내가 보기에 남자들은 이 여자가 페이스북에 드러내놓는 짧은 스커트 아래 다리 보고 보내는 거 아닌가 싶기도 하고. 아무튼 직원이 네 명이라는 건 보통 술수이기 쉬워. 다섯 명부터 근로기준법이 적용되거든. 불법을 저지르려는 자들이 보통 이렇게 다섯 명 이하를 고용하지. 내가 방송국 있을 때 신물이 나게 장애인 센터들 취재해봐서 이건 알지. 해고를 마음대로 하겠다는 거야. 채용도 마찬가지이고."

이나는 뉴스텐에서 문화 파트에 있었기 때문에 이런 정보에는 익숙지 못했다. 그런 의미에서 방송국 시사 고발 프로에서 작가로 일했던 지희가 있다는 것은 큰 도움이 되는 듯싶었다.

"봐봐, 무진시에서 일 년에 공식적으로 이 센터에 지불되는 것만 이억 오천. 그러니 사실 이들이 돈을 모금할 아무런 이유가 없어. 그런데도 백 신부하고 이해리는 마치 아무 도움도 못 받는 것처럼 계속 모금을 하고 있고. 이거 봐봐. 지난 이 년, 그러니까 재작년부터 이해리가 갑자기 건물과 집 그리고 땅을 사들여."

지희는 등기부 등본을 몇 통 이나에게 건넸다. 솔직히 들여다봐도 무슨 소리인지 알 수 없지만 무려 네 건의 부동산이 지난 이 년 동안 이해리 이름으로 증가된 것은 확실했다. 서류를 건네고 노트북을 끄면서 지희가 덧붙였다.

"이나야, 내 촉에 의하면 이들은 사기단이야. ……이건 사기야. 이젠 가톨릭 신부까지 사기를? 그런데 둘 사이가 그런 건 확실한 거야?"

"나도 몰라, 봤다는 사람은 많지만. 뭐, 그런 게 증거가 있는 거라야 말이지."

그날 밤 이나는 일찍 든 잠에서 문득 깨어났다. 캄캄한데 어디선가 파도 소리가 들리는 것 같았다. 일어나 잠시 여기가 어딘가 하고 두리번거렸다. 하운의 파도 소리라고 느꼈던 것은 창밖의 빗소리였다. 이나는 잠시 창문을 열었다. 가을바람은 습기까지 머금어 아주 찼다. 예상대로 지희는 컴퓨터 앞에 앉아 있었다.

"깼어?"

지희는 뒤돌아보지 않고 물었다.

이나는 냉장고로 가서 맥주 캔을 하나 땄다. 문득 지희가 돌아보았다.

"나도 한잔 줘."

뜻밖이었다. 지희는 원래 술을 전혀 마시지 못했었다. 그런데 이나가 떠나 있는 동안 악화되는 다리를 보며 이 긴 밤 지희가 혼자 술을 마셨을까 생각하니 가슴 한구석이 약간 아릿했다. 그러고 보니 맥주도 이나가 사다놓고 떠난 것은 아니었다. 분명 지희가 그것을 다 마시고 새로 채워놓은 것들이었다.

"비도 오고. 안 그래도 한잔할까 했어."

"참 좋다. 오랜만에 너랑 이렇게 둘이 맥주도 마시니까."

이나가 방긋 웃었다. 지희는 언제나 그렇듯 별 감정을 표시하지 않고 그저 맥주를 들이켰다.

"노력했더니 이제 캔으로 두 개까진 괜찮더라고."

지희는 술을 마시고 약간 달아오르자 카디건을 벗었다.

"창문을 좀 열까? 비가 오니까 습하다."

이나는 창으로 가서 창문을 약간 열었다.

"내가 왜 깨었는지 이제 생각났어."

이나가 말했다.

"데레사라는 여자에 대해 최별라가 언급한 게 떠올랐어."

이나는 문득 벽시계를 올려다보았다. 벌써 새벽 한 시가 넘어 가고 있었다. 마음으로는 바로 문자를 보내어 지금 자신에게 떠오른 이 생각을 확인하고 싶었던 것이었다. 그러나 시간이 너무 늦었다. 이나는 최별라에게 확인하려던 마음을 포기하고 그냥 맥주잔을 들었다.

"최별라 여사에게 누군가 제보를 했다고 하네. 몇 달 전 백진우 신부가 주최하는 피정, 그러니까 일종의 신앙 여행 같은 건데 함께 모여서 숙식하며 성경 공부도 하고 묵상도 하는 것 말이야……. 거기 갔는데 그날 밤 일정을 마치고 다들 술을 한잔하고 헤어져 갔대. 그런데 갑자기 소란스러워서 깨어보니 이해리와 백 신부가 아직도 술을 마시고 있는데 이해리가 고함을 치고 있더라는 거야. 싸움이 났나 싶어 말리려고 나갔는데 그때 이해리가 백 신부 앞에 무언가를 흔들며 하는 말이 '이 미친 수녀에게 아기를 낳아서 나한테 갖다줘? 이 파렴치의 극치인 놈아, 니가 신부야!' 하더라는 거야."

이나가 최별라에게 들었던 충격적인 단어들을 읊자 지희는 들어서는 안 될 것을 들었다는 듯이 불쾌한 표정을 지었다.

"말 끊는 것 같아 미안한데……. 나 방송국에서 그 수많은 범죄를 취재할 때도 이런 일은 좀…… 없어. 이건 좀."

"어쨌든 들어봐. 그러고는 사람들이 웅성거리며 나오자 이해리가 종잇장을 흔들며 말했대. '여러분, 이 신부라는 놈이 수녀하고 사이에 애를 낳은 것도 모자라 저에게 그 아기를 부모 없이 버려진 애라고 갖다줬어요. 이 나쁜 새끼가 그 수녀 년하고! 여러분! 그래서 내가 두 연놈을 끌어다가 수녀원 앞에 대령시키고 각서를 쓰게 했어요. 당장 수녀 년 모가지를 자르고 아이 양육비 보내라고요. 그래서 이렇게 각서를 받았지요. 이건 공증까지 된 거라고요' 하면서 세 장의 각서를 보여줬다나 뭐 그랬다는데 그때 그 수녀 이름이 데레사라고 했던 것 같아."

지희가 빤히 이나를 바라보다가 입으로 피식 바람 빠진 소리를 냈다.

"그 여자 막장 드라마를 너무 많이 본 거 아니니? 막장도 그런 건 못 써! 아무리 그럴까."

막상 자신의 입으로 말을 해놓고 나자 이나도 문득 힘이 빠지는 것을 느꼈다.

"아무튼 그때 등장한 이름이 데레사였어, 데레사 수녀."

"알아봐, 이나야. 문자를 보내보자."

이나는 시계를 올려다보며, "지금 이렇게 늦었는데?" 하고 물었다. 지희는 "밑져야 본전이지, 뭐" 했다. 이나가 핸드폰을 집어 들려고 하는 순간 진동이 울렸다. 놀랍게도 최별라였다.

슨생님, 비가 옵니다. 잠이 안 옵니다. 천주님은 우리를 버리실까예. 지송합니다. 청승 떨어 지송합니다. 혼자 웁니다. 슨생님, 우리 딸 무덤이라도 만들어줘야 했나 봐요. 지는 무덤도 안 만들어줬는데 개구리처럼 웁니다. 비가 오면 개굴개굴 울어예.

이나는 최별라의 문자를 들여다보고는 그것을 지희에게 내밀었다. 이나는 안다. 가끔 문자는 수많은 표정을 짓는다. 오늘 문자 속으로 눈물이 철철 흘러내리고 있었다. 이나가 내미는 문자를 바라보는 지희의 차가운 표정도 문자를 따라 슬퍼 보였다. 지희에게 문자를 보여준 것은 이나로서는 '이 사건이 이래서 더 절절해진 거야'라는 설명을 따로 할 필요가 없을 거라는 이유도 있었다. 두 여자의 눈이 허공에서 만났고 누가 먼저랄 것도 없이 툭 떨어졌다. 아이 잃은 어미의 마음이 아이를 낳아보지 않은 나이 많은 이 두 여자에게도 가감 없이 전해졌던 것이었는지도 모른다. 망설이다가 이나가 답장을 보냈다. 그러자 이어 답이 왔다.

맞아예, 제가 알아봤어예. 마리아의 수호자 수녀회 신데레사 수녀예. 사람을 시켜 알아봤는데 거기 한때 게시판이 폐쇄되고 난리가 났답니다. 그 수녀는 지금 연락처도 없이 잠적한 상태이고요. 각서 쓴 거 맞습니다. 각서를 한 번이 아니라 세 번을 썼는데 아이 양육비까지 댄다고 했답니다. 백 신부하고 둘이 수녀원 앞에서 사람들이 다 보는데 무릎 꿇고 각서 썼답니다. 이해리가 그 여자 수녀복 벗긴다고 여기저기 쑤시고 댕기니께 수녀원에서 감춰버렸답니다. 지 아는 사람이 거기 수녀원에 마침 있어 알아봤어예. 보통 일이 아닙니더, 슨생님.

문자를 보고 이나와 지희의 눈이 휘둥그렇게 변했다. 그리고 누가 먼저랄 것도 없이 말했다.

"이게 대체 뭐야? 중세 유럽도 아니고."

"내 말이."

"세 번을 썼다고?"

"세 번……. 그런데 아직 수녀라고?"

"그럼 아까 그 천오백만 원이 영원히 꺼지라는 뜻의 위자료? 아이를 주고?"

"아, 이건 무서운 일이다. 말도 안 돼."

좀처럼 흥분하지 않는 지희가 덧붙였다.

이나에게 문득 엄마의 말이 떠올랐다.

"그들은 하나야. 신부나 수도자하고 싸워서 이긴 평신도는 한 사람도 없어."

16

　　무진 인권 센터의 서유진 센터장을 만나기로 한 날은 오랜만에 청명한 날씨였다. 바람은 서늘했고 대기는 투명했다. 아침에 차로 집을 나서는데 수십 리 밖으로 밀려난 바다는 이제 밀려들어오며 재잘거렸다. 풍경이 하도 아름다워 이나는 잠시 차를 세우고 창을 내렸다. 온몸의 세포를 하나하나 말갛게 씻어 내리는 바람이 창으로 들어섰다. 이런 맑은 바다, 이런 푸른 하늘 아래서 사람들은 죄짓고 뺏고 사랑하고 배반한다. 태초부터 살아온 바다의 입장에서 본다면 인간의 삶은 하루살이보다도 우스울지도 모르는데……．

　　인권 센터는 무진시 구시가에 있었다. 골목 입구에는 휠체어가 쓰러져 있고 몰래 버린 쓰레기 더미들이 쌓여 있었다. 낡은 건물 이 층으로 올라가자 조그맣고 여린 인상의 여자가 문을 열고 들어서는 이나를 맞았다. 이 조그만 여자가 '도가니 사건'으로 유명한 그 일을 혼자 싸우고 지휘하고 만들고 처리했다는 것을 이나는 영화와 소설을 통해 보았었다. 고향 무진의 이야기라 부끄럽고 더 힘들었던 기억이 있었다. 그런데 막상 그 일을 주도해 싸움을 이끌었다는 그녀의 조그맣고 가녀린 몸을 보자 모든 것이 약간 비현실적으로 느껴졌다.

"뉴스텐?"

서유진은 기다렸다는 듯이 이나를 반기며 웃었다.

"왜 그렇게 보세요? 앉으세요."

서유진은 쾌활한 목소리로 말했다.

"생각보다 작다고 그러시는 거죠? 사람들은 우악스럽고 큰 여자가 서 있을 줄 알고 들어왔는지 센터장님 어디 계시냐고 묻기도 하고, 제가 그 사람이라고 하면 너무나도 미심쩍은 눈초리로 저를 봐요."

서유진은 생수병 하나를 이나에게 내밀고 자신의 책상에 가득 쌓인 서류들을 가져와 이나 앞에 앉았다. 서류는 몹시 많았다. 서유진은 돋보기를 꺼내 끼고 몇 장을 넘기더니 문득 돋보기 위로 눈을 치뜨며 이나를 바라보았다.

"고생 많이 했죠? 이거 뭐냐면은요, 보내주신 자료에다가 이나 씨네 뉴스텐 게시판에 달린 이나 씨에 대한 악플들이에요."

"아, 예."

이나는 잠시 어색한 미소를 지었다.

"게시판 폐쇄하고 내가 뉴스텐 팀장—우린 대학 동창이에요—에게 그걸 좀 파일로 넘겨달라 했어요. 세상에는 백 퍼센트 나쁜 일은 없어서 이럴 때 사실 숨겨왔던 중요한 제보들이 끼어들어오기도 해요. 이나 씨가 이 사건—이게 사건이라면 말이지요—의 의혹을 드러내면 그걸 알아차리는 것은 범인들 쪽만 아니라 숨죽이던 피해자 쪽도 되는 거거든요. 내 예감이 맞았어요. 몇 건의 제보나 피해 사실도 게시판에 올라왔는데 그중 좀 심각한 제보가 있는 것 같아 내가 오시라 했어요. 저 상담실에서 대기 중이세요. 같이 녹음도 하고 듣기로 해요."

서유진은 이나를 상담실이라고 쓰인 방으로 데리고 갔다. 이 방에서 '도가니' 피해자인 아이들이 녹화도 하고 그랬다고 생각하니 기분이 묘했다. 영화의 한 장면 속으로 들어서는 것 같았다. 하기는 이해리가 그녀의 삶 속으로 자맥질하듯이 쑤욱 머리를 내민 이후 한이나는 이 모든 것이 다 현실 같지가 않았던 것도 사실이었다.

남자는 작고 창백한 얼굴이었다. 그는 이런 장소와 상황이 낯설다는 듯 주변을 두리번거리고 있었다. 두 여자가 들어서자 그는 엉거주춤 일어섰다.

"일어서지 않으셔도 돼요. 여기는 의혹을 제기했던 한이나 기자고 여기는 제보를 주신 정성일 선생님."

서유진이 아주 노련하고, 그러나 진심 어린 목소리로 그에게 명랑하게 말을 건넸다.

"모두 바쁜 사람들이니 본론부터 들어가요. 카메라와 녹음기

두 개 다 세팅이 되었습니다. 시작하죠, 정 선생님. 녹화를 허락하시지요?"

정성일은 약간 경직된 얼굴로 고개를 끄덕였다. 마주 앉으며 바라보니 그의 구레나룻 밑으로 엷은 소름이 돋아 있었다. 그는 마른손을 부볐다.

"먼저 본인 소개를 해주세요."

"저는 무진시 외곽에서 양식장을 하던 정성일이라고 합니다. 백진우 신부님이 저희 동네 사회 복지관 관장으로 오셔서 알게 되었죠. 좋은 일을 많이 하시고 무진에서 유명한 분이라고 들어서 제가 신자로서 잘 모셨습니다. 운전도 해드리고 자동차도 구입해드리고, 한마디로…… 물심 양면으로 정성을 다 했다고 할까요? 신부님은 부진한 우리 양식장 판로를 개척하는 것도 도와주셨지요. 게다가 신부님은 강론 때 무진 사람들이 좀 싫어해도 사회정의에 대해 말씀하셨어요. 여기 가톨릭이 보수의 텃밭 아닙니까? 첨에는 신도들에게 밉보이면 어쩌시려고 그러나 싶어 걱정도 되었지만 용감하게 진실을 위해 싸우시는 신부님을 도와드리고 싶었죠. 세월호 아이들 그렇게 가는데 그걸 은폐하거나 언급도 안 하는 교회가 미웠고요. 솔직히 교회나 이제까지 부임해 오셨던 신부님들은 돈 너무 밝히세요. 가난한 사람들은 성당에 나오기도 힘든 세상에서 돈 있는 사람들하고만 어울리시고 골프 치러 가자고 하시고……. 예, 그래요. 백진우 신부는 달랐지요. 백진우 신부는 교구에서 제일 쓴소리 잘하시는 신부님이시니 망설이거나 의심할 여지가 없었습니다. 신부님은 부임 첫날 말씀하셨죠. 여러분, 저는 골프 안 칩니다. 저희들은 신부님을 정말 존경했어요. 그런데 어느 날부터 신부님은 사제관에 계시지 않으셨어요. 이곳은 시골이라 복지관 오 층에 신부님 사제관이 있는데 거기서 안 주무시는 것 같더라구요. 가끔은 제게 전화를 하셔서 사제관에 뭘 두고 왔는데 들어가서 그걸 가지고 어디로 좀 와라, 아니면 내가 오늘 못 들어갈 것 같은데 가스 중간 밸브를 잠그고 오지 않은 것 같다, 뭐 이런 심부름을 시키셔서 알게 되었지요. 신부님은 팽목항도 가시고 세월호 미사 하러 서울 광화문도 올라가고 하시니 그리 크게 의심하지는 않았습니다. 약간 '너무 이러셔도 되나? 주교님 아시면 소리 들으실 텐데, 가뜩이나 보수적인 무진 교구에서'라고 걱정이 되는 정도였지요. 그러던 어느 날 저희 작은 동네 학교에서 강연회를 준비하라고 하셨습니다. 한국의 마더 데레사라는 분이 오신다고요. 우리는 열심히 준비를 했죠. 강사가 오셨어요. 이해리 씨라고……."

녹화를 하면서도 노트에 일지를 쓰듯 요점을 쓰던 서유진이 문득 고개를 들었다.

"아, 얼마 전에 성추행 사건 승소한 그분? 엔젤스 윙 장애인 주간보호 센터……."

"예, 그분입니다. 그분……."

정성일의 얼굴에 어두운 그림자가 휘익 지나갔다. 이나는 자기도 모르게 어깨가 경직되는 것을 느꼈다. 이해리가 강연을⋯⋯. 무슨 이야기가 나올지 사실 짐작도 가지 않았다.

"강연은 좋았어요. 자기 자랑을 많이 하던데⋯⋯. 솔직히 저는 아무것도 모릅니다. 뭐 그냥 젊은 여자가 얼굴도 예쁘고 날씬하고 그런데 좋은 일을 많이 한다 정도, 그렇게 기억되어요. 그런데 강연 끝 무렵 백 신부가 마이크를 잡고 말했어요. 이분이 좋은 일도 많이 하시지만 사실은 침술로 유명하세요. 요즘은 의료법이 강화되어서 침술 행위를 못하고 계시지만 장애인을 위해 무료로 침을 놓아주고 계세요. 저도 한번 맞아봤는데 머리숱도 많아지고 살에 식은땀 축축하게 나던 것도 사라지고 아주 가뿐해요. 나중에 맞으실 분들은 제게 조용히 말씀해주세요. 돈은 절대 안 받습니다."

"이해리가 침을 놓아요?"

이나가 끼어들었다.

"예, 그날 강연이 끝나고 백 신부의 지시에 따라 저희 집에서 직영하는 횟집에서 식사를 했어요. 식사에 초대된 사람은 이 지역에서 방구깨나 낀다는 세 커플이었습니다. 저희로서는 영광이었지요. 식사를 마칠 때쯤 백 신부가 제의를 하나 했어요. 오늘 수고하신 이 세 커플을 위해서 이해리 씨가 특별히 봉침을 놓아준다는 것이었어요. 그러면서 이게 갱년기에 좋고 뭐에 좋고, 물

론 다 무료라고 했습니다. 우리는 저희 집에 빈방을 하나 마련해
놓고 세 커플이 가서 맞기로 했지요."

서유진과 한이나는 서로를 바라보았다. 정성일은 목이 타는지
물을 오래 마셨다. 그리고 아직도 망설임이 다 끝나지 않았다는
듯 입술을 잠시 앙다물더니 천천히 입을 열었다.

"오래 망설였습니다. 이 말을 해야 하나 하고요. 그러나 저도
사진으로 찍혀서 퍼 날라지는 기사를 보았어요. '성추행당했다'
라는 기사를 보고 기가 막혔죠. 그래 이제 드디어 말을 해도 되
겠다 싶어서 왔습니다."

무슨 말을 하려고 이렇게 뜸을 들이는지 그녀들은 조금도 예
측할 수 없었다.

"먼저 봉침이라는 것은 제가 나중에 알아보니 벌에 직접 맞
으면 벌 독이 심할 수 있어 쇼크도 오고 그러므로 한의원에서
는 벌의 독성분을 빼내어 농도를 조절해서 일반 침으로 놓는 거
더라고요. 그런데 이해리는 그것을 직접 놓았어요. 어떻게 놓느
냐면……. 그게……. 죄송합니다. 제가 말하기가 아주 불편해
서……."

정성일은 이번에는 손수건을 꺼내어 이마를 닦았다. 그러고도
그는 잠시 또 침묵했다. 영문을 모르는 두 여자는 그저 기다리는
수밖에 없었다. 한참 후 정성일은 다시 굵은 침을 삼키고 입을 열
었다. 한이나와 서유진은 왜 그가 그리 힘들어하는지 그때까지

144

짐작조차 못 하고 있었다.

"우리 부부가 들어가자 이해리는 하얀 가운을 입고 있었어요. 의사처럼요. 그리고 무심히 말하더군요. 두 분 다 옷을 벗으세요. ……벗었죠."

듣고 있던 한이나와 서유진의 눈이 서로 의아하게 다시 마주쳤다. 정성일은 덜덜 떨기 시작했다. 두 여자를 쳐다보지 못하고 탁자만 응시한 채 말을 이어가는데 땀이 관자놀이를 지나 뺨으로 흘러내리고 있었다.

서유진이 물었다.

"왜 벌침을 놓는데 옷을 벗어야 해요? 어떻게 윗도리만요?"

정성일이 다시 기어드는 목소리로 대답했다.

"아니요……, 다요……. 속옷까지 다 벗으라고 했어요. 아내와 함께 있었고 부끄러웠지만 하얀 가운, 그녀의 무심한 말투, 무심한 표정이 정말 의사 같았어요. 먼저 다가와 머리에 한 방, 두 방. 솔직히 무서웠습니다. 정신이 약간 혼미해지는 것도 같았어요. 이해리는 끊임없이 말을 하더군요. 아무 걱정 마세요. 이거 맞으시고 정력도 좋아지니 부부 관계도 좋아지고 감기도 안 걸려요. 한번 맞으시면 안 맞으시고는 못 배겨요. 약장수처럼요. 그러고는 말했어요. 무릎을 꿇고 엎드리세요. 등에 애들 무등 태우는 것처럼 엎드렸어요. 솔직히 머리는 쑤시고 정신이 없어 하라는 대로 엎드렸지요. 엎드리는데 뒤에서 그녀가 다가왔어요. 우리 부부는 벌거벗은 채……. 그녀가 뒤에서 다가오는가 싶었는데 엄청난 통증이 제 거기로 느껴졌어요. 하나, 둘, 셋……. 정신을 잃을 것 같았지만 겨우 두 손을 움켜쥐고 버텼습니다. 다른 부부들은 이미 돌아가고 우리가 마지막이었어요. 아내도 정신이 좀 없는 듯했습니다. 그렇게 그날이 겨우 갔어요.”

“잠깐만요, 정 선생님. 지금 무슨 말씀을……. 그러니까 그녀가 벌거벗겨놓고 어디다 침을 놓았다는 거지요?”

서유진이 물었다. 정성일의 얼굴이 벌겋게 물들었다.

“제 거기에요, 거기. 그니까 남자의 거기에.”

이나가 SNS를 통해 의혹을 제기한 것은 백진우 신부였다. 그런데 여기 이해리가 등장해 이상한 일이 펼쳐지고 있었다. 아직은 서유진도 한이나도 이걸 이해할 수가 없었다. 하지만 뭔가 중대한 비밀의 상자가 열리고 있다는 느낌은 있었고 그래서 일단 침묵하며 귀를 기울이는 수밖에 없었다.

“그리고 며칠이 지났습니다. 그 며칠 동안 저는 정말로 괴로워서 일을 할 수조차 없었지요. 아내도 성기에 벌침을 맞았습니다만, 여자들은 외음부에 놓았고 바깥의 살은 그냥 살이라 잘 아물었어요. 그런데 남자인 저는 일을 할 수도 걸을 수도 없었습니다. 너무나도 가렵고 부풀어 오르는데 진물까지 나오기 시작했어요. 바로 그때 아내에게 전화가 왔어요. ‘여보, 이해리 선생이 전화했더라. 당신하고 나 어떠냐고 묻더라구. 그래서 나는 괜찮은데 당신은 힘들어한다니까, 아, 그럴 리가 없는데 만일 부작용이 났다면 큰일이니 빨리 와야 한대. 여보, 당신 어제도 거기 가렵다고 잠 못 자고 뒤척이더니 얼른 가봐. 빨리 와야지 안 그러면 큰일 난다고 하네' 하는 겁니다. 그래 이해리라는 여자에게 전화를 하니 곧 오라고 하더라구요. 사실 괴롭기도 하고 창피해서 다시는 그 여자 앞에서 옷을 벗고 싶지 않았지만 너무 가렵고 괴로웠으므로 쫓아갔지요. 엔젤스 윙 주간보호 센터 일 층으로 들어가니 그곳에서 돌보는 장애인들이 마침 다 집으로 돌아가고 여직원들이 몇 남아 사무를 보고 있더군요. 이해리 씨가 저를 어느 방으로 안내했어요. 마치 이 상담실처럼 밖에 사무직원들이 앉아 있고 안으로 들어온 거지요. 그녀는 문을 닫더니 무표정한 목소리로 '벗어요' 하고는 자기는 흰 가운을 걸쳤어요. 그제서야 그녀가 몹시 짧은 미니스커트를 입고 있다는 것을 알았지요. 몹시 짧은 미니스커트……를 입고, 벗은 제게 다가왔어요. 그러곤 말했죠. '걱정하실 거 없어요. 생각보다 덜하네. 이제 이 방에서 나가시면 바로 언제 그랬냐는 듯 감쪽같을 거예요.' 쉴 새 없이 무슨 말인가 했는데 대충…… 그런 거 같았어요."

정성일의 이마로 쉴 새 없이 땀이 흘러내렸다.

"저는 솔직히 그녀가 다가오는 게 좀 정신이 없었어요. 제가 들어가기 바로 전에도 누군가에게 봉침을 놓았는지 사람에게 침을 쏘고 내장이 뽑혀 나온 벌들이 아직 다 죽지도 못하고 바닥 여기저기에서 보였어요. 신음 소리처럼 붕붕거리며……. 반 토막 난 채로 내장을 드러내고 죽어가고 있는 게 보였는데……. 솔직히 기괴했어요. 그녀가 제 부작용 난 그 부분을 들여다보려고 다가왔어요. 어디 봅시다, 태연히 말했죠. 그리고 무릎을 꿇고 제 거기를……."

듣고 있던 두 여자의 얼굴로 설마 하는 경악스러움이 스쳐 지나갔다. 여자들이 파랗게 질리는 것을 보자 남자는 약간 떨리는지 이를 앙다물었다.

"그 여자는 제 거기를 입으로…… 죄송합니다."

남자가 떨리는 어투로 말했다. 두 여자 중에 먼저 정신을 수습한 것은 서유진이었다.

"괜찮습니다. 계속하세요. ……아니면, 잠시 쉴까요?"

남자가 고개를 들었다. 여기서 멈추면 다시는 말하지 못할 것 같은 공포가 어리는 것 같았다.

"괜찮으시면…… 그냥 할게요. ……그냥 해야…… 끝까지 할 것 같아요."

서유진이 생수를 하나 더 남자에게 내밀었다.

"생각해보세요. 바로 얇은 문 하나를 두고 직원들이 앉아 있는 것을 보았고 그녀를 밀치거나 소리치거나 하면 바로 무슨 일이 있는지 밖에서 알게 될 텐데……. 신음 소리 하나 못 내고 그 밀실에서……. 그 여자는 입으로 제 거기를 계속……. 게다가 그녀는 노팬티 차림이었어요.”

두 여자는 아무런 말도 할 수가 없었다. 어떻게 노팬티인 줄 알았느냐는 말도 그때는 생각조차 할 수 없었다. 그저 스펀지처럼 그의 말을 흡수하면서 이게 무슨 소리인지 그리고 이 사건이 여고생이었던 한이나에 대한 백진우 신부의 성추행과 어떤 연관이 있는지 그 의미를 생각하느라 겨우 눈을 깜빡이고 있었을 뿐이었다.

“겨우 그녀를 밀치고 나왔어요. 어떻게 나왔는지 모르겠어요. 운전대를 잡고 한참을 달렸습니다. 그때 문득 문을 밀치고 나오는 길에 들어갈 때는 없었던 사람들이 있던 게 생각났지요. 대기석에 앉아 있던 덩치가 산만 한 발달장애인, 휠체어에 앉은 장애인들을 보았어요. 들어갈 때 이해리가 이야기하는 것을 들었거든요. ‘사람들 봉침 맞으러 대기하는데 우리 정 선생님 급하시니 양보하는 거라고요.’ 그녀는 높은 소리로 웃었어요. ‘봉침 맞고 싶어 환장한 사람들이 아침부터 돈 싸 들고 와서 저렇게 서 있다니까요.’”

정성일이 말을 끝내기도 전에 서유진의 입에서 작은 비명이 터졌다. 그 비명을 신호 삼아 이나도 눈을 감았다.

“그 장애인 아이들, 그 성의 소외 지대에 있는 아이들의 거기에 봉침을 놓는다는 겁니까?”

서유진이 비명 끝에 언성을 낮추지도 않고 말했다. 정성일이 작게 고개를 끄덕였다.

"봉침을 놓기 전, 이해리 씨가 말했던 게 떠올랐어요. '봉침 한 번 맞으면 다들 줄 서요. 장애인 애들이 엄마한테 졸라서 맞으러 와요. 천금을 준다고 줄 서요. 그래도 저는 안 되죠, 돈 받으면 안 돼요⋯⋯.' 문제는 그게 거기서 끝난 게 아니었어요. 달포나 지났을까, 그러니까 그 일을 잊으려고 했고 조금은 잊었다고 생각하며 지내던 어느 날 백진우 신부가 저희 집사람에게 문자를 보냈어요. '자매님, 좋은 일 하시는 엔젤스 윙에서 장애인들에게 봉사할 벌이 모자라는 모양입니다. 요즘 지구 환경이 나빠져 아시다시피 벌들이 사라지고 있어 벌들을 구하기도 어렵고 구한다 해도 값이 엄청 비싸다고 하네요. 좋은 일 하시는 분인데 우리가 도와야죠.' 그날 밤 아내가 제게 문자를 보여주며 어쩔까 했어요. 저는 다음 날 백 신부에게 전화를 했고 그러자 백 신부가 같은 말을 하며 이해리의 계좌 번호를 주더라고요. 돈을 부쳤죠. 그리고 다시 보름도 안 되어서 아내가 또 같은 말을 했어요. '당신 저번에 돈 안 보냈어? 이해리 씨가 어렵다고 하시네.' 몇 번 같은 일이 반복되었어요. 한번은 제가 돈을 넣지 않자 이해리가 아내에게 직접 문자를 보냈어요. 저는 다시 돈을 부칠 수밖에 없었어요. 그리고 다시 백 신부가 문자를 보냈어요. 꼭 아내에게요⋯⋯. 한번은 제가 왜 아내에게 문자를 보내느냐고 물었죠. 백진우 신부가 대답했어요. '그런가? 왜 그랬지? 별 뜻은 없었을 거야. 그냥 자네가 전화가 안 되어서……. 그리고 뭐 그 김에 부부가 대화도 하고 좋지 않아?' 지금 생각해보면 무언의 협박이었던 것 같아요. 저는 진심을 다해 존경하던 그에 대해 처음으로 의심을 하게 되었어요. 가끔 백진우 신부가 말했죠. '여자가 혼자 산다고 하도 나쁜 놈들이 많이 들락거려서 온갖 데다 CCTV를 놓았다 하더라구요, 구석구석.' 그가 웃었어요. 이게 무슨 의미일까요. 협박은 한마디도 없었습니다. 그러고는 이제는 노골적으로 그녀의 집으로 가는 길에 저를 불렀어요. 술을 마셔야 하니 운전을 해달라고요. 저는 들어줄 수밖에 없었습니다. 그전에도 어디 가시면 제가 자주 모셨죠. 그런데 이젠 좀 달랐어요. 그리고 그날이 왔습니다."

남자는 후두둑거리는 땀을 다 닦지도 못했다.

17

　"그날이 왔습니다. 여러 번 저는 그분을 이해리 씨 댁에 모셔다드렸고 술에 취하면 모시러 가곤 했었죠. 그래도 여전히 그의 강론은 감동적이었고 그래 그분도 사람이니까, 그리고 그분은 여전히 사회에서 쓴소리를 하는 소금 같은 분이니까, 그런 생각이 아주 없는 것도 아니었어요. 솔직히 제가 보수적이니까, 신부도 남자인데 남자가 여자 그것도 유부녀도 아니고, 뭐 잠간 빠질 수도 있지 않겠나, 오래 빠지면 안 되겠지만……. 그렇게 생각하지 않은 것도 아닙니다. 그런데 그날 전화로 자기를 데리러 오라 해서 이해리네 집에 신부님을 모시러 가니 둘은 엉망으로 취해 있었어요. 가니까 어린아이들 둘은 놀다 다쳤는지 머리에 피를 흘리며 울고 있고, 그런데 그 두 남녀는 초등학생 딸아이가 왔다 갔다 하는데도 거실 술상 앞에 엉겨서 뒹굴고 있었습니다. 신부고 뭐고 인간으로서 더 이상 볼 수 없었습니다. 저는 우선 초등학교 다니는 그녀의 딸을 시켜 물수건을 가져오게 해서 다친 아이들—두 살, 네 살로 입양한 아이들입니다—을 씻겨 약을 발라주고 방에다 데려다놓고 딸아이더러 재우라고 부탁했습니다. 그리고 이제까지와는 다르게 백 신부에게 냉정히 이야기했지요. '신부님, 갑시다.' 딱 한마디 했어요. 이해리가 취한 눈으로 나를 노려보더군요."

"잠깐만요."

이나가 끼어들었다.

"제가 알기로 이해리는 술을 못 마신다고 했어요. 한쪽 폐, 위, 자궁, 신장 다 잘라내서 사이다만 마셔도 기절한다는데……. 그러니까 페이스북하고 카카오스토리에 그렇게 올라 있어서……. 자신의 프로필에."

정성일이 눈을 끔뻑끔뻑했다.

"전 페이스북하고 그런 거 안 해서 뭘 잘랐는지는 모르겠지만 소주 댓 병은 거뜬히 잘 마시는데요, 늘."

이나는 난데없이 강타를 한 대 얻어맞은 기분이었다.

"그러고는 이차로 한잔 더 하자고 했어요. 일단 아이들을 두고라도 밖으로 나가는 게 좋을 거 같아 저도 그러자고 했지요. 밖에 나가 집 근처의 식당에 가니 그들이 가는 밀실이 있더라고요. 그녀는 그 동네에서 왜 그런지는 모르지만 여왕 같았어요. 가끔 보면 술에 취한 이해리가 종업원들을 불러 일렬로 세워놓고 만원짜리 하나씩을 돌리며 팁을 주기도 하고, 늘 동네 가게에서 그녀에게 깍듯했지요. 아무튼 그 밀실에서 술을 더 마시다가 제가 더 이상 참을 수가 없어 말했어요. '신부님, 그럼 나중에 오시도록 하시지요. 전 이만 가보겠습니다.' 제 태도가 평소와 다르다고 느꼈는지 백 신부가 절 붙잡으며 쫓아 나오더군요. 아까 제가 도착한 이래 그는 자기의 실수를 느꼈는지 약간 긴장하며 술이 깨고 있는 듯했어요. 저도 이제 더는 보고만 있을 수는 없다고 생각했거든요. 이해리가 만취 상태로 신부의 옷자락을 잡았어요. 제가 냉정하게 차로 다가가자 신부가 그녀를 뿌리치고 쫓아왔어요. 그리고 우리는 차에 타려고 했지요. 다음 날 주교님이 백 신부 복지관에 방문하시기로 되어 있던가, 그래서 안 갈 수도 없었던 거 제가 알고 있었거든요. 이해리는 집요했어요. 울면서 가지 말라고 하더라구요. 저를 향해 알 수 없는 말을 중얼거리며 저주를 했어요. 솔직히 저게 사람인가 싶고, 요물도 아니고 여시도 아니고 그냥 혐오스러운 낙지 비슷한 괴물 같았어요. 겨우 차에 타고 나서 일부러 천천히 운전하며 제가 신부에게 말했죠. '신부님, 정말이지 이러시면 안 됩니다. 어머님을 생각하셔야죠. 어머님이 매일 신부님 위해 기도하신다고 신부님이 그때 술 먹고 저에게 그 말씀 하시며 얼마나 우셨습니까. 저 그거 아직도 기억합니다. 신부님, 솔직히 저도 남잔데 다 이해할 수 있습니다. 그런데 신부님 더는 안 됩니다. 이제 그만 끊으십시오.' 어두운 밤 무진 외곽을 달리는 차 안에서 그의 옆얼굴은 고뇌에 차 보였어요. '고맙습니다, 형제님. 그런데 이해리 씨와 저는 형제님이 생각하시는 그런 사이가 아닙니다.' 솔직히 너무 어이가 없어서 제가 다 놀랐지요. 방금 그런 장면을 다 보여놓고, 그것도 한두 번도 아니고 서로 다 묵인하고 있다 싶어 죄책감을 느끼는 제게 이렇게 정색을 하며 말하니 갑자기 제가 스스로 제 기억을 더듬을 지경이었어요. 백 신부는 조금도 당황하거나 흥분하지 않고 말했지요. 모든 걸 부인했어요. 낮은 목소리로 침착하게."

이나는 침을 꿀꺽 삼켰다. 미파솔만 사용하는 그 목소리, 어떤 경우에도 들뜨지 않는 그의 침착함을, 그런 상황에서 그것이 주는 공포를 그녀는 이해할 수 있었던 거였다.

"압니다!" 하고 싶었지만 이나는 그 말을 입 밖에 내지는 않았다.

"그가 말하더군요. '저는 하느님 앞에서 한 독신 서약을 깨뜨리지 않았어요, 맹세코.' 독신 서약이 순결 서약과 다르다는 것을 나중에야 알았지만 그때는 신부는 그래도 우리와 다른 사람들인데, 내가 너무 속물적인가 싶어 약간 가책도 되었지요. 헷갈렸어요. 그러나 제가 본 광경, 두 사람이 우는 애들 놔두고 붙어 뒹굴던 것은 분명, 분명 그건 그 말과는 또 달랐거든요. 혼란스러운데 신부가 입을 열었어요. '그녀에게 제가 필요하다고 생각했어요. 그녀는 어릴 때 집단 성폭행을 당하고 정신병원에 다녀온 이후 섹스 중독자가 되었어요. 그녀에게는 아무도 없습니다. 모두가 그녀를 탐하는 사람들뿐이죠. 남자 중에 저 같은 사람—절대 성을 요구하지 않는―을 보고 그녀는 지금 약간 치유되는 중입니다. 이해 못 하실까 싶어 말씀드리지 않았어요. 안 그렇다면 제가 형제님 앞에서 그런 모습을 보여드릴 리가 있을까요? 제가 떳떳하지 못하다면 그럴 리가 있겠냐고요. 다 제가 떳떳하니까 그걸 그냥 숨기지 않았지 않았겠어요? 형제님, 이런 말씀까지 드리게 되어서 죄송합니다. 새로 나온 치유법이에요. 서양에서는 이미 많이들 하고 있는 것인데 성중독인 여자를 그냥 받아주면서 절대 성관계는 하지 않는.' 솔직히 헷갈렸어요. 이건지 저건지 내가 너무 속물적인지 정말 저분은 성인군자라서 여자와 뒹굴기만 하고 절대 그 이상은 안 하는지, 왜 그 서경덕인가 그분이 황진이하고 그랬다던가 뭐……. 새로 나온 서양의 치료법인 걸 제가 알 리도 없고……."

"치료는 무슨! 말도 안 되죠!"

서유진이 말을 막으며 실소했다.

"그렇지요. 하지만 저는 아는 것도 없고……. 그렇다고 하니까 또 그럴 수도 있겠다 싶기도 하고, 하지만 남자로서 제가 보았던 그 장면은, 둘이 뒹굴던 그 장면은 분명 남자가 수동적으로 당하고 있는 그런 것은 아니지만……. 아무리 그래도 사람인데 저렇게 태연히 부정을 할 수는 없다 싶으니 뭐가 뭔지 솔직히 모르겠더라고요. 더 말하자면 난 이제 고만 상관하자, 나도 모르겠다, 뭐 이런 기분이었던 거지요."

이번에는 한이나의 입에서 헛바람이 나왔다. 마치 정성일이 백진우 신부라도 되는 것처럼 따귀라도 올려붙이고 싶은 심정이었다. 열일곱 살 이나의 가슴으로 들어서던 그 손길. 그것에 대해 그는 무어라고 변명할 것인가. 설마 어린 이나가 성중독이어서 그걸 치유하려고 그랬다고? 이나는 잠시 몸을 떨었다.

"그때 전화벨이 울렸어요. 휴대폰 소리 옆 좌석에 앉으면 다 들리잖아요. 이해리더라고요. 울부짖는 소리……. 갑자기 어두운 시골길에서 백 신부가 소리쳤어요. '세워요!' 그리고 그는 말했어요. '미안해요. 아까 우리가 간 후 화가 나서 술을 더 마셨는데 지갑을 잃어버리고 게다가 나쁜 놈들이 와서 추행하려고 해서 지금 공중전화 박스에 피신해 있대요. 내가 가봐야 할 것 같아요.' 그는 내가 택시가 있는 곳에 내려준다고 해도 막무가내였어요. 눈이 불타고 있었어요. 뭐, 저러다 정 좋으면 신부 옷 벗고 같이 살면 되지, 뭐. 가톨릭 신부라고 생각하고 보니까 계명을 어기는 거지 인간의 눈으로 보면 죄도 아니잖나 싶어서 저는 그냥 자포자기했지요. 저는 이 모든 것을 알지만 입 다물고 있으리라 마음먹었어요. 대신 그가 신부로서 여자에게 드나드는 것에 더 이상 협조하지 말아야겠다 하고 마음먹었어요. 신부가 불러 운전해달라고 해도 가지 않으려고 마음먹었는데 신부도 부르지 않더라고요. 신부가 여자하고 뒹구는 걸 본 이상 저는 도저히 성당에도 나갈 수가 없어서 이 핑계 저 핑계를 대고 미사도 빠졌어요.

신부가 그러는 걸 보니 '하느님은 개뿔' 이런 생각도……. 그러는데 갑자기 저희 물고기들이 팔리지 않는 거예요. 저희는 주로 무진시하고 도내 주요한 곳에 물고기를 납품하는데 갑자기 주문이 뚝 끊기더라고요. 이해할 수가 없었어요. 쌓이는 물고기는 폐사하거나 거래도 없는 서울에 헐값으로 넘겼죠. 어느 날 집사람이 들어오더니 '여보, 우리 물고기에 과도하게 항생제 넣어?' 하는 거예요. '누가 그래?' 하니 '사람들이 그러던데, 신부님이 그러셨대. 당신하고 친하지만 차마 양심상 그냥 넘어갈 수 없어 귀띔해 준다고. 그 집 물고기 항생제 과다라고, 손님들 건강을 위해 거래처 바꾸시라고……'라는 거예요. 안 그래도 요즘 양식장들이 늘어나고 수온 상승으로 여러 가지 빚이 쌓여 있던 저는 타격이 컸습니다. 게다가 제가 그를 도와주는 동안 그가 무진은 물론 다른 곳 여러 군데 거래를 터줘서 빚까지 얻어 양식 규모를 더 늘렸거든요. '여보, 그리고 당신 그 신부 어머니 돈 빌려서 이자도 안 줬어?' 어느 날은 아내가 갑자기 또 그렇게 물었어요. '무슨 소리야. 지난달까지 은행 이자의 다섯 배나 드렸는데. 이번 달 들어 갑자기 거래처들이 돌아서서 못 드린 게 처음인데?' 제가 말하자 아내가 울었어요. '사람들이 그러네, 신부 어머니 노후 자금 모은 거 가져가서 당신이 이자도 안 준다고…….' 신부의 말은 독가스처럼 좁은 무진에 퍼져갔어요. 저는 결국 양식장을 헐값에 접었습니다. 접은 값으로 백 신부 어머니 돈을 갚았지요. 제가 잘나갈 때 신부가 제게 어머니 용돈이라도 드리고 싶다고, 은행에 맡겨봤자 어머니 약값도 안 나온다고 도와달라 해서 억지로 일억을 맡아 매달 백만 원을 제가 보냈거든요. 그런데 몇 년 동안 은행 이자의 다섯 배가 넘는, 그렇게 비싼 이자를 준 건, 그건 말도 안 하고 제가 노인네 돈을 떼어먹었다고……. 그리고 저는 그 사회에서 거의 매장되었어요. 제가 아무리 아니라고 해도 아무도 제 말을 믿어주지 않았어요. 저는 신부의 비밀을 지켜주려고 입을 다물었는데 그는 저를 미리 사기꾼으로 만들어버린 거지요. 만일 이제 와서 제가 그의 비밀을 폭로한다 한들, 사람들은 제가 신부에 대한 억하심정으로 그런다고 말하는 꼴이 되어버린 거예요. 저는 안 먹던 술을 입에 대기 시작했고 아내와 사이도 많이 나빠졌습니다. 독실한 가톨릭 신자인 아내는 저더러 신부 하나 나기가 얼마나 어려운데 신부님 공경 안 한다고 화를 냈고 부끄러워 성당에도 못 나가겠다며, 그럼 가톨릭 신부님이 장가도 못 들고 하느님 위해 사시는데 거짓말하겠냐면서 계속 신부 편을 들더군요. 어느 날 또 신부 편을 들길래 제가 아내 따귀를 때렸어요. 아내가 백진우 신부에게 이걸 이야기한 거 같아요. 다음 날 또 아내와 다투었는데 그때가 마침 커피를 마시던 차였어요. 저는 화가 나서 들고 있던 커피잔을 집어 던졌어요. 어떻게 알았는지 경찰이 십 분도 안 되어 출동을 했어요. 좁아터진 시골 동네는 경찰이 오면 소문은 나게 되어 있습니다. 아내는 분명 자기가 신고한 건 아니라고 했어요. 경찰은 누군가 지나가던 사람이 폭력을 신고했다고 하더라고요. 뭐 별일은 없었지만 각서를 쓰고 저는 훈방 형식으로 풀려났어요. 그러나 저는 사기꾼에 패륜아가 되어 무진을 떠났습니다. 아내와는 별거 중이고…… 보니까 제 양식장을 헐값에 매입한 남자가 백 신부와 함께 다니더군요. 저는 두려워요."

정성일은 말을 마치며 잠시 두 여자를 바라보았다. 골똘히 생각에 잠긴 서유진과 한이나를 바라보던 그의 충혈된 눈에 눈물이 반짝하고 어렸다.

"벌써 이 년 전 일입니다. 감사합니다. 이런 날이 올 거라고 생각 못 했어요. 죽어버리고 싶었거든요. ……말해버리고 나니까 후련합니다. 신부인 그를 좋아해서 도와주다가 이 꼴이 되어 저는 모든 걸 잃었고…… 떠돌고 있어요. 그날 이후 저를 의심하거나 비난하지 않고 제 이야기를 끝까지 들어주신 거 두 분이 처음이에요."

남자의 관자놀이에서 쉴 새 없이 떨어지던 땀방울이 그치면서 눈에서 반짝이던 눈물이 한 방울 떨어져 내렸다. 서유진이 말없이 일어나 녹화하던 비디오를 껐다. 마치 짧은 드라마가 끝난 것처럼 정적이 그 방 안으로 무겁게 내려앉았다.

한이나가 말했다.

"타이거즈 클럽 총재의 비밀이 이제 풀렸네요. 현장에서 성추행은 없었어요. 해리가 봉침을 놓았던 사이인 거예요. 해리가 막 판에 불리해지자 그걸 기억해낸 거예요."

0.2

그 무렵 아침, 소망원 직원들의 월요 미사가 시작되기 전 작은 소동이 있었다. 각 직원들이 컴퓨터를 켜자 직원들만 볼 수 있는 인트라넷으로 작은 쪽지가 배달되어 있었던 것이다. 쪽지의 내용은 이랬다.

지난주 새벽 불법으로 만들어진 감금 방에서 또 한 사람의 수용인이 사망했다. 그는 지난달 술을 먹고 들어왔다는 이유로 그 방에 40일째 혼자 감금되어 있었다. 그 악명 높던 부산 형제 복지원이 1980년부터 12년간 512명의 사망자를 냈는데 우리 무진 소망원은 2010년부터 2016년까지 그 반도 안 되는 기간인 6년 동안 무려 312명의 사망자를 내어 대한민국 복지원계에서 죽음의 금자탑을 이루어냈다. 이것은 비교하자면 그런 것이지 잘 생각해보면 부산의 형제 복지원 사건은 전 국민이 '인권'이라는 말도 꺼내지 못하던 1980년대의 일이다. 그런데 지금은 2000년하고도 16년이 지난 때이다. 알렐루야!

오늘 아침에도 수용자들이 컵라면에 미지근한 물을 받아 들고 잘 붇지도 않는 라면 국숫발로 허기진 배를 채우고 있는 동안 신부들은 영양사를 시켜 오늘 아침 메뉴를 한우 불고기에 소고기 뭇국으로 적어 넣게 하여 그 어마어마한 차액을 갈취하고는 어젯 밤 취기로 벌게진 눈을 게슴츠레 뜨고(이번에 사망한 수용자의 죄목—음주 후 귀가—을 신부들에게 댄다면 신부들은 백만 년쯤 저 벌방에 갇혀야 하리라. 알렐루야!) 이번 주의 골프 약속을 잡고 기름진 저녁 만찬을 체크하고 있을 것이다. 단 한 번이라도 이곳에서 밤을 새워본다면 이들이 밤마다 내뱉는 신음과 비명과 통곡 소리를 들으련만 저들은 귀가 있어도 듣지 못하고 눈이 있어도 보지 못한다. 이에 이들의 하느님은 이들을 갸륵히 여기사, 이제는 무진 시로 하여금 시장 표창장까지 수여하셨다. 나는 우리 소망원 정문에 이런 글귀를 현판으로 달아야 한다고 결심하였다.

"여기 들어오는 모든 자 희망을 버리라.* 알렐루야."

소망원 복지사 황은 아까부터 이 쪽지를 곰곰이 들여다보고 있었다. 잠시 후 사무실 문이 벌컥 열리고 거친 발자국 소리가 들렸다.

"누구야!"

---

* 단테의 『신곡』 「지옥편」에 나오는 글귀. 지옥 입구에 써 있다.

원장 신부의 손에는 방금 프린터에서 인쇄되어 나온 듯한 A4 용지가 들려 있었다. 그는 방금 출근하여 이 쪽지를 읽은 모양이었다. 찬물이라도 끼얹은 듯 직원들은 그 자리에서 아무 말도 하지 못했다.

"누구냐고! 대체!"

"그게 말입니다. 누구냐고 물으시면 '예! 그건 바로 전데요' 하고 누가 나설 내용은 아닌 것 같습니다마는" 하고 말하려다 황은 입을 다물었다. 하지만 그렇게 말했을 때 원장 신부의 표정이 어떨까 생각하니 갑자기 웃음을 참기가 힘들어져서 그는 고개를 숙이고 말았다.

"황 선생!"

황은 놀라 고개를 들었다.

"황 선생은 컴퓨터를 좀 알지? 내가 알아보니까 아이피를 금방 추적할 수 있다는데? 이자가 누군지 아이피 추적해서 나한테 갖고……."

"그게요, 신부님."

비아냥거릴 생각은 없었는데 황은 그의 말이 끝나기도 전에 자기도 모르게 끼어들고 말았다. 얼핏 원장 신부의 얼굴에 '설마 네가?' 하는 의혹까지 일었다. 황은 목소리에 비웃음기가 서리지 않도록 최대한 아랫배에 힘을 주고 심각하게 목소리를 내려고 노력하면서 대답했다. 원장 신부의 얼굴이 날카롭게 들렸다.

"안 그래도 출근해서 이걸 보고는 제가 바로 아이피를…… 추적했습니다."

"그래? 누구야?"

원장 신부가 턱을 쳐들며 한 발짝 다가섰다. 온 직원의 시선이 황에게 향했다. 황은 이 말을 꺼낸 것을 후회하게 될 것 같았다. 하지만 이미 원장 신부가 그에게 한 발짝 더 다가오고 있었다.

"그게……. 저…….."

"빨리 말해, 누구냐고?"

황은 잠시 난처해하다가 대답했다.

"그게 말이지요, 그게…… 원장 신부님요."

귀를 기울이고 있던 직원들 입에서 동시에 탄성이 터져 나왔다.

"뭐라고? 그게 나라고?!"

원장 신부의 소리는 절망적으로 컸다.

"……저도 놀라서 몇 번이나 다시 확인해보았는데 그게…….."

원장 신부는 머리가 나쁜 사람은 아니었다. 노기가 얼굴에 확일었다. 그리고 그는 방금 인쇄해온 A4 용지를 바닥에 팽개쳤다. 종이는 허공에서 한 번 펄럭 하더니 바닥으로 천천히 떨어져 내렸다. 직원들 몇이 무슨 소리인지 몰라 서로 고개를 갸웃했다. 황은 컴퓨터 앞에 앉아 두 손을 그러모은 채 거기에 고개를 묻고 숨죽이며 키득거렸다. 정말 재미있지 않은가. 원장 신부와 여기 재직하는 신부들을 모욕하는 이 투서가 원장 신부의 컴퓨터에서 만들어진 듯 그의 아이피로 작성되다니 말이다. 그는 더 웃다가 고개를 갸웃했다. 그렇다면 누구일까. 소망원 구성원들의 아이피를 알고 있고 그것을 조작할 수 있을 만큼 능숙하며 게다가 신부들을 이렇게 비난할 수 있는 사람은.

그렇게 며칠이 지나갔다. 원장 신부는 통신사를 불러 아이피를 사용하지 못하게 하는 방법을 물었으나 만일 퇴근 시간 이후 원장의 컴퓨터를 사용—물론 비밀 번호를 풀어서—하거나 그 아이피를 알고 있다면 소용이 없다는 답변만 들었다. 그러던 어느 아침 다시 두 번째 편지가 떴다.

오늘도 소망원의 식사는 찬물에 불어터진 컵라면이었다. 정부에 제출된 보고서에는 이곳의 수용인들은 이 아침에 한우 갈비탕을 먹은 것으로 되어 있다. 어제 아침은 생태찌개를, 그제 아침은 롤빵에 햄과 치즈를 먹은 것으로 되어 있다. 그러나 이곳의 수용인들은 오늘도 어제도 그제도 미지근한 물에 불어터진 컵라면을 받아 들었다.

이렇게 세상에서 가장 낮은 자들에게서 빼앗은 먹을거리로 저들은 룸살롱에 가고 지폐로 만든 돈꽃을 뿌리며 골프와 스킨스쿠버를 즐기고, 수천만 원짜리 산악자전거를 타며 논다. 밤이면 프랑스산 포도주를 마시고 안심 스테이크를 먹는다. 그동안 직원들이 퇴근한 무법천지 소망원 안에서는 힘센 자가 힘없는 자를 때리고 집단으로 폭행하며 여자들을 강간해도 아무런 제재도 받지 않는다.

이곳이 과연 하느님을 대리하는 자들이 관리하는 곳이라고 말할 수 있는가? 세상의 무신론자들도 가끔 하느님을 두려워한다. 그러나 이쯤 되면 이곳에 있는 자들은 세상의 무신론자보다 독실한 무신론자들이다. 오, 돈을 숭배하는 맘몬교 돈렐루야!

한 가지 친절하게 알려준다면 이 편지도 원장 신부의 아이피로 작성될 것이다. 나를 찾으려 쓸데없이 통신사를 부른다 어쩐다 법석을 떨지 말고 저 세상에서 가장 낮은 자들을, 세상에서 가장 낮은 자들에게 해준 것이 내게 해준 것이라고 말한 예수를 찾으라, 이 독사의 족속들아!

마지막 친절을 베푼다. 일주일 내에 이곳의 신부들과 횡령을 하는 장부를 따로 만드는 장부 위조 전문가 수녀들 그리고 여기에 협조하는 일부 직원들이 회개하지 않으면 너희들이 떼어먹은 아침 식사와 그 장부, 너희들의 실태를 무진의 방송과 언론에 동시에 알리겠다. 시간을 준다. 일주일이다.

제2부

모든 죄는 원죄를 반복하고 변주한다

뱀이 여자에게 말하였다.

"너희는 결코 죽지 않는다. 너희가 그것을 먹는 날, 너희 눈이 열려서 하느님처럼 되어서 선과 악을 알게 될 줄을 하느님께서 아시고 그렇게 말씀하신 것이다."

여자가 쳐다보니 그 나무 열매는 먹음직하고 소담스러워 보였다.

그뿐만 아니라 그것은 슬기롭게 해줄 것처럼 탐스러웠다.

그래서 여자가 열매 하나를 따서 먹고 자기와 함께 있는 남편에게도 주자, 그도 그것을 먹었다.

—「창세기」 3장 4~6절

1

백진우
3시간 전

···

존경하는 프란치스코 교황님의 말씀을 담은 어록을 모아

작은 책자를 하나 만들었습니다.

프란치스코 교황님은 사랑이십니다.

프란치스코 교황님은 가난한 사람을 위해 일하라고

말씀하십니다.

요즘 한국 교회가 가난한 사람들을 위해 살지 않고 있다고

비판하시는 분이 많습니다.

그것을 부인할 수는 없습니다.

우리 교회는 너무 부자입니다. 저부터 반성합니다.

솔직히 어제는 어떤 자리에서 고기 접대를 받았고

그제는 좋은 포도주에 치즈도 먹었습니다.

반성합니다. 저는 가난하게 살지 않았습니다.

저는 월급의 반만 가난한 이들과 나누었고

저는 하루에 세 시간 정도만 기도에 할애했습니다.

저는 게으르고 부자입니다.

프란치스코 교황님의 어록을 정리하며

다시 한 번 깨닫습니다. 오오, 저는 죄인입니다.

그런 의미에서 프란치스코 교황님의 어록을 담은 책을

무료로 드립니다.

종이 값하고 인쇄비를 주시고 싶은 분은

조금 보내주시면 되고

그렇지 않은 분도 우편요금 아주 약간과 주소를 주시면

무료로 보내드립니다.

그 돈은 오로지 가난한 이웃을 위해 쓰겠습니다.

저는 돈을 위해 하느님을 섬기지 않습니다.

재물은 하늘에서 오는 것.

저는 오직 주님의 명을 따라

프란치스코 교황님과 마더 데레사 성녀를 따라

가난하고 소외된 분들을 섬길 뿐입니다.

글들 밑에는 프란치스코 교황의 사진들이 실렸다. 마치 프란치스코 교황의 말인 듯한 착각이 들도록 그의 페이스북 포스팅은 프란치스코 교황의 얼굴들과 집요하게 비슷한 언어들로 나열되었다. 댓글들은 가난할 줄 모르는 무진 교구에 대한 비난과 가난하려고 하는 백 신부에 대한 찬양으로 채워졌다. 결국 가격을 매기면 천 원도 안 될 작은 소책자를 보내주고 그는 사람들에게 최소한 오천 원에서 만 원의 돈을 받게 되는 것이었다. 세금도 없이 말이다. 거기에 무료로 책을 나누어주는 가난한 신부라는 평은 덤이었다. 사람들의 찬양 소리는 수백 개의 댓글로 입증되었다. 누군가가 말했었다.

"사람들은 숭배하고 싶어 한다. 현실이 어려울수록 앞이 보이지 않는다고 느낄수록."

한이나는 일부러 엔젤스 윙 주간보호 센터 앞을 지나가고 있었다. 요 며칠 그녀는 시내로 나오면 엔젤스 윙 주간보호 센터 앞을 지나갔다. 아직 한이나는 무진에 내려와서 이해리나 백진우 신부를 대면하지는 못했다. 그런데 뜻밖에도 엔젤스 윙 주간보호 센터 앞에 경찰차가 서 있고 한 여인이 정복 경찰과 승강이를 벌이고 있었다. 초로의 여인은 무언가 애원하고 있는 듯 보였고 경찰은 잠시 그녀와 승강이를 한 이후 떠나갔다. 한이나는 차를 멈추고 그 광경을 보고 있다가 엔젤스 윙 주간보호 센터가 있는 건물을 한 바퀴를 더 돌아 다시 센터 앞으로 갔다. 초로의 여자는 센터에서 조금 떨어진 편의점 앞에 넋을 잃은 채로 서 있었다. 초로의 여자가 입고 있는 수트는 질 좋은 것이었고 매무새며 들고 있는 가방은 나름 고가의 것이었으나 헝클어진 반백의 머리칼과 넋 나간 듯한 표정이 그녀가 무언가 매우 긴 사연을 가지고 있다는 것을 말해주는 것 같았다.

한이나는 편의점 앞에 차를 세웠다. 그리고 창문을 내리고 마치 길을 물어보려는 듯한 자세로 그녀를 바라보았다. 여자가 초점이 나간 듯한 눈을 들었다. 그리고 한이나와 눈이 마주치자 얼른 고개를 내렸다가 다시 들었다. "저에게 무슨 볼일?"이라고 묻는 듯한 눈빛 속에는 아까의 절망이 다소 가시고 있었다.

"괜찮으시다면 타시겠어요?"

잠시 망설이다가 한이나가 서둘러 말했다. 그녀의 어깨 너머로 이해리가 엔젤스 윙 주간보호 센터의 문을 열고 나오는 것이 보였기 때문이었다. 오랜만이었지만 이나는 한눈에 그녀라는 것을 알아볼 수 있었다. 이상하게 나쁜 짓이라도 하다가 들킨 것처럼 이나의 가슴이 쿵 하고 내려앉았다.

"저를 아세요?"

그녀는 창 너머로 한이나에게 물어왔다. 이나가 잠시 망설이자 그녀는 조심스레 문을 열고 이나의 차에 올라탔는데 아무려면 어떨까 하는 체념 같은 것이 배어 있는 듯했다. 이나는 서둘러 차를 출발시켰다. 백미러로라도 멀어지는 해리를 본 것은 이십 년 만인 듯했다. 저 애가 전에도 그랬었던가, 하는 생각이 들정도로 걸음걸이가 특이했다. 아빠 장화를 신은 아이의 걸음걸이같이 어기적거리는 걸음. 이해리가 혹여라도 자신을 알아보기 전에 이 자리를 떠나려고 이나는 얼른 골목을 돌았다.

그때 전화벨이 울렸다. 발신자를 확인한 이나는 깜짝 놀랐다.

딱 한 번 자신이 취재한 적이 있는 무진 교구의 신부였다. 그는 무진 교구의 가장 유명한 신부였다. 천주교 신자는 물론 아닌 사람도 그의 이름은 알았다. 그는 한때 통일을 위해 한반도기를 휘감고 홀로 북으로 들어가려다가 체포된 적도 있었다. 그때는 이나가 아주 어렸던 독재자 시절이었는데 신부는 끌려가면서도 미소를 잃지 않았다고 했다. 얼마 전 뉴스텐에서 이나는 그의 칠순 생일을 맞아 그때의 이야기를 취재했던 것이었다. 그런 그가 웬일로 전화를 했나 싶어 그녀는 눈짓으로 여자에게 양해를 구하고 전화를 받았다.

"아, 신부님. 웬일이세요?"

"웬일은? 한 기자 무진에 있다면서?"

사람 좋은 목소리가 수화기로 흘러나왔다. 이나는 자기도 모르게 함빡 미소를 머금고 대답했다.

"예, 엄마가 아프셔서요."

"그렇구나."

"신부님, 우리 엄마랑 저 냉담자지만 혹시 시간 되시면 오셔서 기도 한번 해주세요."

"기도는 뭘, 멀리서 하면 되지, 가서 해야 하나? 그래, 기도할게."

"신부님."

"응."

"감사해요. 신부님같이 바쁘고 유명하신 분이 취재 한번 한 기자 기억해주시고 이렇게 전화까지 주셔서요, 신부님."

"그래, 엄마 위해 기도할게, 잘 지내고."

"예."

전화를 끊고 차가 큰길로 빠져나오자 이나는 명함을 내밀었다. 여자는 딱히 관심이 있는 것 같지는 않은 얼굴로 명함을 힐끗 보고는 그것을 그대로 손에 쥔 채로 앞만 응시했다.

"죄송합니다. 어른 전화라서 안 받을 수가 없었어요. 갑자기 타시라고 말씀드려서 죄송해요."

"그런데 당신은 누구시지요?"

여자가 조용히 물었다.

"명함 보시면 아시겠지만 저는 뉴스텐 기자입니다. 이해리 씨에 대해 취재하고 있어요."

잠시 후 여자가 천천히 고개를 돌려 한이나를 바라보았다. 의혹의 눈길이 이나의 뺨으로도 충분히 느껴졌다. 여자는 낮은 목소리로 물었다.

"정말인가요?"

"네?"

한이나가 그 뜻을 몰라 잠시 당황해하며 힐끗 바라보자 여자는 앞만 바라보며 앉아 있었는데 뜻밖에도 눈물이 흘러내리고 있었다.

"정말로 신문이나 방송에 낼 수 있느냐고요……."

178

"그게……"

여자가 너무 구체적으로 묻자 한이나는 말문이 막혔다. 딱히 거짓말은 아니었겠지만 정확히 진실도 아니었다. 취재를 하는 것은 사실이지만 뉴스텐에 기사가 실릴지 알 수 없기 때문이었다. 순간 여자가 그대로 굳어지는 것이 느껴졌다.

"사건이 난 후 무진에 있는 모든 신문 방송에 제보를 했어요. 기자라는 사람들을 만나 열 번도 더 이 이야기를 했어요. 그러나 단 한 군데도 이야기를 실어주는 곳이 없었어요."

"저희 회사는 무진에 있는 곳은 아니에요. 전국적인, 말하자면, 음…… 일종의 작은 인터넷 신문사이지요. 기삿거리가 되면 보도합니다. 지방지하고는 조금 다를 수 있어요. 그건 약속드릴 수 있습니다."

한이나가 말하는 것을 듣는지 마는지 여자가 중얼거리듯 말을 이어갔다.

"저는 모든 것을 잃었어요. 이해리가 저의 모든 것을 빼앗아갔어요. 저 여자는 악마입니다. 저 여자는 마귀예요. 세상에 태어나 저보다 악한 사람을 나는 본 적이 없어요."

여자의 말은 터져 나오는 울음과 범벅이 된 채로여서 잘 알아듣기 힘들었다.

"이해리는 자기 남편과 시아버지를 죽였어요. 저 여자는 돈을 위해서면 못 할 게 없는 여자예요. 그리고 이제 제 남편과 저를 죽이려 하고 있어요."

여자는 한참 눈물을 흘린 후에 담담히 입을 열었다. 여전히 앞만 바라본 채였다. 딱히 한이나에게 말하고 있는 것 같지도 않았다. 신호등에 차가 멈춘 후 오히려 여자에게서 눈을 떼지 못한 것은 한이나였다. 사람을 죽였다고? 한이나에게 약간 충격이 왔으나 실감은 전혀 나지 않았다. 그렇다면 이건 살인에 대한 이야기였다.

"얼마나 더 많은 사람을 죽였는지 나는 몰라요. 제가 아는 사람은 그분들뿐이니까요."

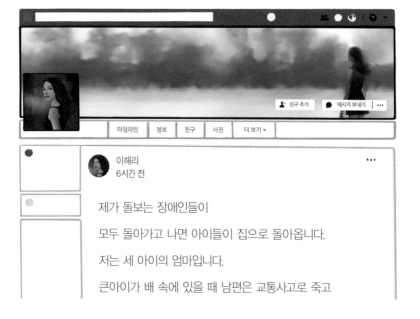

저는 아이를 조산하게 됩니다.

목숨만큼 사랑하던 남편이 저에게 유일하게 남긴 자취인

우리 딸 리나…….

남편이 사고로 죽던 그날 충격으로

7개월 만에 태어나 죽을 고비를 넘긴

우리 리나는 이제 초등학교 3학년.

리나마저 이 세상을 떠나가면 따라가려던 저는

안타까이 살아난 리나 때문에 목숨을 부지합니다.

그리고 부모 잃은 아이 둘을 마음으로 낳아 거두며 삽니다.

어릴 때 엄마가 자살하시고 나서부터

따스한 밥 한 끼 못 먹고 자란 저이기에

아이들 밥만은 아침부터 따듯하게 지어 먹입니다.

그냥 엄마 맘이에요.

저의 이름은 해리.

죽은 남편도 장애인이었고

시아버지는 장애인 사업을 하시던 분.

그분들을 그리워하며 저는 오늘도 장애인들을 섬깁니다.

여러분들 밥은 따뜻하게 드세요.

맘으로 따뜻한 밥 한 끼 올립니다.

하느님이 주신 오늘 하루,

착한 일만 하기에도 모자란 오늘 하루,

사랑만 하기에도 모자란 오늘 하루.

저는 앞만 보고 갑니다.

누가 뭐래도 앞으로 갑니다.

도와주십시오. 저는 너무도 연약한 여자입니다.

해리의 페이스북에는 초등학교 3학년 리나와 여섯 살, 네 살인 두 남자아이의 밥상 사진이 찍혀 있었다. 조산했다는 이야기, 과부가 되었다는 이야기는 열흘에 한 번 정도 약간 변형되어 번갈아 실렸다. 사람들은 매일 페이스북이나 카카오스토리를 들여다보지 않기에 그녀가 같은 이야기를 자주 올린다는 것을 의식하지 못하는 모양이었다. 아니 의식했다 해도 매일매일 고달픈 나날 속에서 오뚝이처럼 일어나는 여자의 감동스러운 이야기는 설사 그것이 반복될지라도 듣고 싶어 하는지도 몰랐다. 사실 따져

보면 뉴스도 드라마도 반복은 마찬가지일 것이다.

해리가 올린 사진 속에는 따뜻한 밥과 아이들의 웃음이 있었다. 고마우신 분이 보내주셨다며 아이들 유모차와 가을 코트도 보였다. 아이들은 행복해 보였다. 아이들이니까 그랬을 것이다. 그리고 여전히 짧은 핫팬츠를 입은 해리의 다리도 있었다. 한이나는 페이스북과 인스타그램에 있는 이해리의 사진들을 하나씩 들추었다. 그 사진들 위로 녹음된 여자의 목소리가 겹쳐졌다.

2

　　─제 이름은 채수연. 나이는 58세. 한때 무진에서 제일 큰 장애인 시설의 부원장이었습니다. 남편은 시설의 원장이었고요. 함께 시설을 운영하던 중 녹내장이 심해지면서 남편은 시각 장애인이 되었고 그래서 제가 거의 시설 운영을 도맡았지요.

　　─남편은 현재 나이가 칠십이 넘었는데 오십 대 때 아내가 죽고 나서 저와 재혼을 한 사이였습니다. 그러던 어느 날 저희가 운영하던 장애인 센터에 한 젊은 여자가 찾아옵니다. 이해리였어요. 원래 무진이 고향인데 부산에서 살다가 왔다고 하더라고요. 장애인들을 위해 일을 하고 싶은데 아무것도 모르니 일을 배우고 싶다고요. 무보수로 일해주고 싶다고 했어요. 당시 우리 센터는 무진에서 제일 큰 장애인 센터였어요. 아시다시피 이해리가 지금 살고 있는 삼 층짜리 빌딩은 저희가 지은 것이랍니다.

　　─이해리는 성격이 싹싹하고 얼굴도 예쁜 데다가 날씬해서 장

애인들이 참 좋아했어요. 우리 부부는 그녀를 친딸처럼 대했고 그녀는 자기가 고아라면서 우리를 아버지 어머니라고 불렀어요. 부산으로 시집을 갔는데 교통사고로 남편을 잃고 유복자를 낳은 후 시아버지를 봉양하다가 시아버지마저 죽자 고향인 무진으로 왔다고 하더라고요. 이야기를 듣고 있노라니 젊고 예쁜 여자가 팔자가 세지만 요즘 젊은 사람들답지 않게 효녀이고 반듯하구나 싶어 저희 부부는 그녀에게 방도 하나 내주었습니다. 그리고 우리가 고아인 그녀의 양부모가 되어주기로 했지요. 밥도 같이 먹고 외식도 같이 했어요. 저도 자식이 없는 터라 딸 하나가 생긴 것 같아 정말 기뻤답니다. 해리는 하나 있는 리나라는 아이를 어디 맡겨놓았다고 했는데 그 아이가 얼마나 보고 싶을까 싶어 우리 부부는 의논 중에 언제든 아이를 데리고 오면 돌봐주겠다는 약속까지 할 정도로 그 여자를 신뢰했어요.

─그런데 그녀에게는 특이한 점이 하나 있었는데, 그녀는 살아 있는 벌을 가지고 다녔습니다. 커다란 플라스틱 통 속에 벌을 가득 담고 가끔 외출을 했다가 돌아왔는데 그럴 때 그녀에게는 밀랍과 벌꿀에서 나는 묘하고 독한 내가 풍겨왔어요. 자기 말로는 중국에서 잠깐 침술을 배운 적이 있다고 하더군요. 뭐 그런가 보다 하고 지냈습니다. 시각을 잃은 남편은 아무래도 거동이 불편해 주로 집에 있고 모든 대외적인 일은 제가 하는 편이라 저는 늘

아침에 나가 저녁에 들어오곤 했고 세미나나 중요한 일이 있으면 며칠씩 집을 비우곤 했어요.

―남편은 시력을 잃어가고 있었지만 아주 희미하게나마 볼 수 있었는데 이해리가 남편에게 봉침을 놓으면 시력을 더 잃지 않을 수 있다 해서 봉침을 맞는 것은 제가 알고 있었죠. 첫날 제가 보는 앞에서 봉침을 놓는데 머리와 얼굴 그리고 목과 팔 등에 놓더라고요. 그런 줄 알고 있었는데 남편이 어느 날부터인가 저를 대하는 태도가 조금씩 달라지고 있었어요. 사실 제가 너무 바빴어요. 시의원까지 출마를 하는 바람에 남편을 돌보지 못한 것도 사실이에요. 잠깐만요, 약을 먹어야 해요. 세 시간마다 약을 먹지 않으면 심장이 터져버릴 것 같아서요. 죄송합니다.

―그런데 어느 날 밤, 원래 서울까지 갔다가 자고 오기로 한 날 무슨 일인가가 틀어져 제가 일찍 돌아오게 되었어요. 전화를 할까 하다가 그냥 집으로 들어갔죠. 제 방에 들어서는 순간 해리가 제 침대에서 알몸으로 고개를 내밉니다. 침대 아래에는 죽은 벌들이 널부러져 있고 남편은 얼마나 피곤했는지 제가 들어서는데도 알아차리지도 못하고 코를 골아대고 있더라고요. 남편 역시 알몸이었어요.

—해리는 아니라고 잡아떼더라고요. 남편도 마찬가지이고요. 그러고는 제가 딸 같은 사람—그때 해리의 나이 삼십 대 초반이었나요?—과 아버지 같은 사람을 의심한다고 남편하고 둘이서 길길이 뛰는 거예요. 둘이 너무나도 펄쩍펄쩍 뛰기도 하고, 나도 재혼인데 여기서 이 남편을 잃을까 두려워 그냥 덮었어요. 아니 믿는 척했지요. 제가 그러자 그 두 사람은 이제 노골적으로 집 안에서 합방을 하기 시작했어요. 나는 바쁜 척하며 밖으로 떠도는 것으로 이 상황을 피해가는 것밖에 어찌할 바를 몰랐어요. 어느 날 해리가 묻더라고요.

"저를 자꾸 추궁하시는데, 아버지하고 제가 그런 사이일 리도 없지만 만일 제가 그렇다고 하면 어쩌실 건데요?"

말문이 막혔어요. 한 번 이혼하고 어렵게 재혼한 사이인데 또 이혼할 자신은 없었습니다. 게다가 두 번이나 이혼 경력이 생긴다면 시의원 출마에도 문제가 생길 것이 뻔했고요. 저는 더욱 밖의 일에 몰두했어요. 시의원에 당선도 되었고요.

—그러던 어느 날 경찰이 집에 들이닥쳤어요. 세금 포탈과 장애인 시설 비리 신고가 들어왔다고 하더라고요. 아시는지 모르겠지만 장애인 시설 운영하는 데 국가가 자금을 줘요. 그런데 이 회계를 다 맞출 수는 없어요. 굳이 뒤지자면 코에 걸고 귀에 걸어서 다 털리게 되어 있는 것이 이쪽의 세계였어요. 그렇게 경찰서에 불

려 다니던 어느 날, 남편이 심각하게 저를 부르더군요. 다정하게 저를 안고 토닥이더니 말했어요. 남편이 제게 다정하게 구는 게 얼마 만인지 모르겠더라고요.

"여보, 이왕 이렇게 된 거 지혜를 짭시다. 내가 아무래도 이 무진 바닥에서 당신보다는 좀 힘이 있잖아. 여기 시의원 구의원 다 내 동창이고, 고위 공무원이고 구청장이고 다들 내 아는 사람들이니 당신이 조금만 고생해줘요. 내가 바로 조치를 할게……. 알아봤는데 그렇지 않으면 둘 다 구속되고 우리 센터는 문을 닫고 우리는 끝나게 될 거야."

한마디로 제가 시각 장애인 남편을 속여 모든 것을 횡령했다 하고 진술하면 남편이 곧 손을 써서 저를 빼내겠다는 것이었어요. 사건이 돌아가는 것을 봐서 둘 다 빠져나가기가 어렵다고 생각한 저는 늙고 눈먼 남편이 안되기도 했고 그래서 그렇게 했지요. 무언가 이상하다고 생각했지만, 우리 집에서 벌통을 들고 남편 주위를 맴도는 해리가 수상하지 않은 것은 아니었지만, 수사가 시작된 이후 둘은 별로 제 앞에서 이야기도 하지 않고 남편도 괴로운 와중에 반성을 하는 듯했어요. 저는 한 번 더 믿기로 한 거죠. 아무리 재혼이지만, 자식 하나 낳지 않았지만 그래도 이십 년을 산 정이 있는데 싶었던 겁니다.

녹음기는 돌아가는데 침묵은 계속되었다. 여자는 힘든 기억을 떠올려야 하는 것 같았다. "물 좀 더 드시겠어요?" 같은 한이나 자신의 목소리가 녹음기에서 흘러나왔다.

─문제는 제가 구속되었는데, 그리고 일 년 육 개월 형을 받고 감옥에 갔는데 저를 곧 빼내주겠다던 남편이 절 빼내주기는커녕 면회 한번 오지 않는 것이었어요. 처음에는 편지를 보내면 "지금 당신을 빼내기 위해 백방으로 뛰고 있으니 조금만 참아" 하는 답장이 오기에 안심했었죠. 그러나 두 달이 지나고 석 달이 지나고 나서야, 아무리 편지를 보내도 한 통의 답장도 오지 않는 것을 보고서야, 그리고 단 한 번의 면회도 오지 않는 것을 알고서야 제가 속았으며 모든 것이 잘못되었다는 것을 깨닫기 시작했어요. 극심한 스트레스로 감옥에서 몇 번이나 쓰러져 병원으로 후송되었어요. 저는 아직도 오른쪽 팔과 다리를 제대로 쓰지 못합니다.

여자의 오른손은 안으로 굽어 있었다. 여자의 걸음걸이가 이상하게 보였던 것은 그 때문인 것 같았다. 눈매에는 아직도 고왔던 시절의 흔적이 남아 있었지만 여자는 늙고 피곤해 보였다.

─그때 한 여자가 저를 면회 왔어요. 시의원인 제가 구속되고 실형을 받자 그게 신문에 났거든요. 신문에서 제가 구속된 이야기를 보고 찾아왔다고 하더라고요. 오빠와 아버지의 죽음의 원

인을 밝히고 싶어서 이해리를 쭉 추적했다고. 자기는 리나의 고모, 그러니까 이해리의 전 시누라고 자신의 신분을 밝혔어요. 여자는 부들부들 떨면서 자기 오빠와 아버지의 죽음을 이야기하더라고요. 이해리가 그 둘을 죽였다고요.

한이나는 여기서 잠시 녹음기를 정지시키고 메모를 했다. 정원 건너 바닷가 쪽 별채에 있는 엄마의 화실은 여전히 환했다. 엄마는 오늘도 그림을 그리나 보았다. 어쩌면 그녀가 이 지상에 남기고 갈 마지막 그림을. 그런 생각을 하자 이나의 손에 힘이 다 빠졌다. 죽음을 헤아리지 않았을 때와 헤아렸을 때의 삶은 분명 달랐다. 백 년도 안 되는 삶을 헤아리고 나자 대체 무엇을 위해서 이토록 빼앗고 속이고 하는지 알 수 없었다.

바다는 검었다. 썰물 때였는지 밤배도 보이지 않았다. 이나는 문득 오늘은 집으로 돌아오는 길에 살구나무 집 앞을 서성이지 않았다는 것을 깨달았다. 그러고 보니 아직 그에게 돌아왔다는 연락을 하지 않았다는 것이 그제서야 떠올랐다. 주말이니까 그는 가족과 함께 집에 왔을 것이었다. 무진에 와서 그의 집 앞을 그냥 지나쳐 온 것은 처음이었다. 이나는 다시 녹음기를 켰다.

—그녀가 결혼해 살던 부산에서 교통사고가 났을 때 운전을 하던 이해리는 조금도 다치지 않았고 자신의 오빠, 그러니까 이해리

의 남편은 차 밖으로 유리를 뚫고 날아가 즉사했다는 것이었어요.

　—그런 일이 있었군요. 그때 조산을 했다고 하던데, 그 사고로 칠 개월 만에 조산을 했다고.

이나의 소리가 끼어들었다. 채수연이 대답했다.

　—사고로 칠 개월에 조산요? 그녀가 조산을 했다고 한다고요? 글쎄, 그건 처음 듣는 말이에요. 아무튼…… 아니 제가 알기로 그런 말은 들은 적이 없어요. 그러다가 갑자기 그녀가 시아버지를 모신다고 하며 집으로 들어왔답니다. 감옥까지 찾아와 저에게 이야기를 전해주던 여자가 울더라고요.

　—듣기 해괴하실지 모르겠으나 해리의 시아버지가 그녀와 함께 산 이후 딸을 집에 들이지 않으셨다고 하면서요. 해리의 전 시누이는 이미 고인이 된 아버지를 욕되게 하고 싶지 않다며 거기에 대해서는 괴로운 듯 입을 다물었어요.

　—무슨 뜻이죠?

　—기자님, 인생 별로 많이 안 살아보신 듯해서 말하기 힘들어요. 원하시면 제가 그분 연락처를 드릴 테니 직접 만나보세요. ……아직 가끔 서로 연락해서 신세 이야기하며 함께 운답니다.

여자가 백 속을 뒤지는 소리, 이나가 그것을 받아 드는 소리가 들려왔다.

　―그런데 일 년이 못 되어 이번에는 이해리의 시아버지가 갑자기 죽었대요. 그가 죽던 날, 해리는 그 바로 전날 외국 여행을 떠났다고 했어요.

　―그 시아버지가 장애인 사업을 했다는 시아버지 맞지요?

　―시아버지가 장애인 사업을 했다구요? 페이스북에 그리 써 있어요? 글쎄요, 그건 모르겠어요. 전 페이스북을 하지 않으니까요. 저희에게 올 때 일을 배우고 싶다고 왔는데요, 처음이라면서. 장애인 사업을 말이지요. ……기자님은 이해리를 믿으세요? 그 여자는 숨 쉬는 것까지 거짓말이에요. 숨까지 멈추고 눈 뒤집고 실신하다가 상황이 끝나자 벌떡 일어나 깔깔대는 것을 본 사람이 한두 명이 아니에요.

　―저는 일 년 육 개월 형을 채우고 석방되었어요. 출소 하루 전날 뜬눈으로 밤을 새우고 바로 집으로 갔죠.

　"여보, 당신 어떻게 나한테 이럴 수 있어!"

　출소 후 바로 집 문을 열고 들어간 순간, 해리가 나오더라고요. 남편은 이미 어딘가로 피신한 상태였어요. 전 그녀의 멱살을 잡았어요.

"너지? 경찰에 우리 장부를 넘겨주고 비리가 있다고 신고한 게 너지? 네가 아니면 누가 우리 장부를 이렇게 세세히 알려줄 수가 있겠어?"

그러자 해리가 얼핏 웃으며 말했어요.

"아줌마, 이제 고만 여기서 나가주세요. 여긴 이미 저의 집이니 만일 나가지 않으면 가택 침입으로 신고합니다."

그녀는 준비해놓았다는 듯이 서류를 하나 꺼내 흔들었어요. 떨리는 손으로 받아보니 정말이었어요. 우리 집은 그녀의 이름으로 양도되어 있었어요. 내가 모았던 골동품, 내가 모았던 그림들, 기증받았던 난초, 수석 다 거기 있는데, 내가 산 소파도 카펫도 다 우리 집에 있어 아무것도 변한 것이 없는데, 이젠 그게 그녀의 집이라는 거예요. 그 안에 있는 것까지 남편이 다 팔고 떠났다고— 이게 그녀의 주장이에요—. ……제가 석방되는 날을 기다려 매매계약서와 등기부 등본까지 준비했다는 것이 더 소름 끼쳤지만 저는 모든 것이 이미 돌이킬 수 없어졌다는 것을 인정해야 했어요. 그리고 이미 남편이 저에게—남편을 속이고 돈을 횡령한 아내인 저에게요— 이혼소송을 진행 중인 것도요. 원래 아내로서 받을 수 있는 모든 것도 저는 다 잃어버린 거예요. 저는 남편 몰래 죄를 지은 사람으로서 단 한 푼의 위자료나 재산도 가지지 못하고요— 있다 해도 모두 이해리 것이 되었으니—, 그래서 이를 악물고 다시 말했죠.

"내 옷가지라도 좀 가져가게 해주게."

그제서야 그녀는 시계를 들여다보며 말했어요.

"십 분 드리죠."

휘청거리며 저는 제 옷방으로 들어갔어요. 제 침실에 이해리의 잠옷이 걸려 있더라고요. 제 화장대에 이해리의 화장품이 놓여 있었어요. 바로 일 년 전 요맘때였어요. 날이 날로 서늘해지는데 저는 여름옷 바람이었기에 트렁크를 꺼내 가을옷을 챙겼어요. 기자님, 얼마나 기가 막힌 줄 아세요? 밍크코트, 명품 가방들, 비싼 것은 이미 다 사라진 후였어요. ……후들거리는 다리로 대충 짐을 챙겨 그 트렁크를 가지고 나오는데…….

여자는 여기까지 이야기하고 몹시 흐느꼈다.

─대체 이게 어떻게 된 일인지 꿈을 꾸는 것 같았어요. 그때 해리가 따라 나와 말했어요.

"아줌마, 저기 저 매실인가 담아놓은 거요, 저거 통이 너무 커요. 저것도 가져가세요."

지난번까지 꼬박꼬박 어머니 혹은 의원님이라고 부르던 그녀가 아줌마 하면서 실실 웃으며 하는 말……. 매실 단지를 가져가라니……. 기자님, 그게 인간일까요?

녹음기는 다시 여자의 흐느끼는 목소리로 가득 찼다.

　—얼마 후 지나가다 보니까 우리가 운영했던 센터가 이름만 바꾸어 간판을 달았더라고요. 엔젤스 윙······. 허! 천사의 날개라네요. ······기도 안 차요. 기숙사는 없어서 이 층은 월세를 주고 삼층의 제가 쓰던 집을 차지했어요. 남편의 행방도 묘연합니다. 그리고 아래층만 주간보호 센터로 문을 열었더라고요. 제가 감옥에 간 이유 중에 근로기준법에도 저촉을 받은 사항이 있었는데 그녀는 입버릇처럼 말하곤 했어요.

　"다섯 명 이상을 고용하면 골치 아프다니까요."

　가끔 잠을 못 자고 온 날이면 저 집 앞에 와서 문이라도 걷어찹니다. 경찰이 해리의 등쌀에 출동했다가 또 저인 줄 알고 돌아가곤 했는데 오늘은 저에게 애원을 하더라고요.

　"아주머니, 저희도 힘들어 죽겠어요. 아주머니인 줄 알고 출동하지 않으려 했더니 서장한테 전화한다고 지랄을 떨어서 저희도 힘들어요. 저 여자 우리 서장하고 잘 아는 사이라고 하네요. 아주머니, 저희 봐서 제발 좀 고만 오세요, 네?"

　기자님, 아시는지 모르겠지만 이 동네 경찰도 모두 이해리 편이에요. 돈을 먹거나 봉침을 맞은 것 같아요.

　—제가 봐도 제가 실성한 여자인 것 같아요. 정말 미쳤는지도

모르겠어요. 시집간 조카딸네 집에 얹혀 있는데 거기도 눈치가 보여서 곧 나와야 해요. 예금통장까지 다 빼앗기고 병든 이 한 몸이 갈 데가 없어요.

여자는 길고 길게 울었다. 한이나는 녹음된 음성을 다시 들으며 메모를 했다.

한쪽 폐, 신장, 위장, 자궁, 다 없다. 술은 물론 사이다만 먹어도 기절한다. / 소주 서너 병은 앉은 자리에서 너끈히 비워낸다.

시아버지가 장애인 사업을 해서 그것을 이어받았다. / 채수연에게 일을 배우고 싶다고 왔다.

교통사고로 7개월 때 조산했다. / 달이 차서 낳았다.

차 안에서 손을 뻗어 여자의 거기를 만졌다. / 타이거스 클럽 총재의 팔 길이로는 승합차 안에서 거기까지 손이 닿지 않는다. 봉침으로 안 사실을 성추행당해 안 것처럼 속임.

채수연의 남편은 어디에?

봉침, 장애인, 정성일 그리고 경찰서장? 타이거스 클럽 회장……. 그렇다면 장애인뿐만 아니라 권력자에게까지?

이나는 해리가 성추행 사건에 승소하고 TV에 나와 순진한 시골 여자처럼 웃던 모습을 떠올렸다.

"전 삼천만 원이 얼마나 큰돈인지 몰라요. 그거면 우리 아이들 뭐 많이 사줄 수 있는 건가요?"

리포터가 합의금 삼천만 원으로 무엇을 하실 거냐고 물었을 때 해리는 난데없이 지갑을 꺼내 들었었다.

"이십 년 된 지갑이에요."

촌스럽고 촌스럽게……. 그리고 리포터는 눈물을 닦았다. 그게 해리가 아니었고 자신이 이나가 아니었다면 이나도 감동해서 그 날로 이해리에게 얼마라도 성금을 보냈을 것이다. 그것은 확실했다. 그녀는 페미니스트의 감성을 건드리는 미혼모에 약자였다. 그녀는 독재자의 딸 박근혜가 괴롭히고 무시하며 짓밟는 장애인들과 버려진 아이들의 어머니였다. 그녀는 온 국민이 신경을 곤두세우는 성추행의 피해자였다. 그런데 정성일이 이야기한 봉침을 놓는 그녀, 지금 채수연이 진술하는 그녀, 이나의 기억 속의 그녀……. 그들을 모두 한 사람이라고 말할 수 있을까? 이나는 그럴 수 없다고 생각했다. 그들이 지목하는 사람, 그 이름이 모두 이해리였을 뿐.

0.3

　　그날 오후 소망원 내 인트라넷과 각 언론사 편집국장 앞으로 다음과 같은 메일이 배달되었다.

소망원의 불법 감금과 살인.
밥그릇을 빼앗아 배에 기름을 채우는 성직자들에 대한 고발.

원래 세상은 이렇다, 는 말은 무섭다. 어떤 노력도 필요 없기 때문이다.
다 그렇고 그런 놈들이란 말도 무섭다.
결국 가진 자가 더 큰소리를 치며, 부당한 권력이 부정한 것을 당연한 것으로 만들어버리는 그런 세상이 당연하단 말이기 때문이다.
이런 잔혹한 시대에 신앙이란 무엇인가.
어쩌면 바로 이런 나쁜 상식에 대한 도전을 실천하는 힘이 아닐까.
'원래 그렇다'는 그 말에 대한 도전 말이다.

이 도전은 원래 불행한 사람이 있는 세상에 대한 것이고 당연히 불행에 대한 도전이다.

재산 없고, 장애 가진 사람이니 불행하고 힘없는 사람이라 생각하는 것은 신앙이 아니다.

불쌍하니 밥이나 주면 그만이라는 생각도 신앙이 아니다.

소위 질서를 위해 말 듣지 않으면 강제 구금해도 그만이란 생각도 신앙이 아니다.

원래 불쌍한 사람이니 이렇게라도 챙겨주면 충분한 선행이라 생각하는 것도 신앙이 아니다.

원래 불쌍한 이들에게 이런 선행을 했으니 그 대가(代價)로 어느 정도 횡령은 문제 될 것이 없다고 생각하는 것도 신앙이 아니다.

이러한 것은 정말 신앙이 아니다.

오히려 신앙이 맞서야 할 악한 것들이다.

만일 이러한 악행을 교회가 저질렀다면 어떨까?

나는 이제 여기 소망원의 불법 감금 살인과 횡령을 고발하려 한다.

왜냐하면 교회가 이십여 년 경영한 소망원에는 믿음, 소망, 사랑 중에 단 하나도 남아 있지 않았음을 보았기 때문이며 예수님께서 마지막으로 우리에게 숙제로 내주신 '세상에서 가장 낮은 자들'의 밥그릇을 빼앗아 위스키와 골프채 그리고 창녀들의 치맛속과 바꾸어버린 사제들을 보았기 때문이다.

나는 신앙의 이름으로, 상식의 이름으로 혹은 우리 인간에게 정말 존재했던 적이 있었을까 하는 정의의 이름으로 믿음과 소망과 사랑과 아픈 우리 인간들의 연대의 이름으로 이들을 고발한다.

다음은 지난 십 년간 죽은 사람들의 명단 및 사인과 실제 의심 사인 목록이다. 그 밑에는 수용인들의 아침 식사를 빼돌리기 위해 만든 이중 장부에 대한 사진이 첨부되어 있다.

만일 한 사람의 죽음이 한 사람의 이름과 인생으로 간주되지 않고 그저 집단으로 처리된다면 그 사회는 이미 집단적으로 죽은 사회이다.

그날 각 언론사 사무실은 북새통이었다. 소망원 사무실도 북새통이었다. 무진 교구에도 비상이 걸렸다. 그러나 그날 저녁과 다음 날 무진 지역의 모든 신문 지면과 TV는 조용하였다. 그래서 결과적으로 무진시도 조용하였다. 그날 교구가 소유하고 있는 《무진매일신문》 1면의 머리기사는 「무진시 철새 보호 대책 강구하기로」로, 《무진일보》의 1면 머리기사는 「추석 앞두고 서민들 물가 대책 세워야」로 결정되었고 무진의 대표 방송 M-TV는 〈고향이 좋아〉 특집을 방영하였다. 하지만 서울의 명화 방송국만은 무진 지국에서 올라온 이 자료를 취재하도록 지시하였다. 소위 박근혜 정부에 의해 사장이 결정되지 않은 유일한 공중파 상업 방송사의 〈역사가 되는 사실〉 프로였다.

명화 방송은 이외에도 한 신부의 투서를 접수하였다. 그는 최근 교구의 이런 점을 비판하다가 면직되었다며 투서를 보냈는데 인터넷으로 접수된 이 투서에는 무진 교구 신부들의 횡령과 간음 사실이 줄줄이 적혀 있었다. 신부의 투서에 의하면 그들은 빈민들의 식사 대금을 빼돌리는 방식으로 비자금을 조성하여 교구의 윗분들에게 보냈고 그 남은 돈은 룸살롱이나 골프장 혹은 스킨스쿠버 등의 여흥에 썼다고 했다. 그것이 사실이라면 천주교 전체가 무너질 만큼 충격적인 사실이었다. 명화 방송은 신중하게 그러나 확실히 접근하도록 지국에 공문을 보냈다.

3

　　그날 오후 최별라는 숨이 턱에 차있었다. 평소에도 급한 말투가 더 급해 있었다.

　"한 기자님예, 방금 무진 교구에서 연락 왔어예. 백진우 신부 비리에 관한 모든 것을 가지고 들어오라고 합니더. 천주님께 감사드려예. 주교님께서 교회 쇄신에 대한 결단을 내리셨다고예. 지금 출발하려는데 그 무진 인권 센터에서 증언하셨던, 봉침 맞은 정성일 씨 있지예……, 그분 녹음 녹취록 풀은 거 같이 가지고 만나십시더예. 괘얀겠십니꺼? 제가 지금 출발하믄, 버스 타고 그러믄 한 세 시간 걸릴 낀데."

　난데없는 소식이었지만 나쁜 소식은 아니었다. 한이나는 서유진에게 지난번 정성일이 증언한 봉침에 대한 녹취 자료를 요청하고 시간에 맞추어 무진 인권 센터로 갔다. 지난번 정성일의 증언을 듣고 서유진과 제대로 인사도 못하고 헤어진 게 좀 맘에 걸려 포도도 좀 샀다. 서유진은 낡은 에어컨 밑에서 땀을 흘려가며 무언가를 읽고 있었다.

"어, 왔어요? 우리 간사가 정성일 씨 만나서 녹취록 공증해왔어요. ……그런데 전화 받고 좀 놀랐거든요. 무진 교구 가톨릭 꼴통들이 웬일인가 했네. 전화 받고 녹취록 챙기려는데 바로 난리가 났더라고……. 이 사람들 엄청 큰일이야. 최소한 신부 수녀 다섯은 구속이야."

서유진이 공문을 하나 흔들었다.

"들어봤죠? 한 기자. 소망원 비리."

"소망원 터진다 터진다 하더니 결국?"

한이나는 서유진이 내민 공문을 들어 그것을 다 읽었다.

"기가 막히죠? 어떻게 중증 장애인들을 그렇게 죽이고 그 밥그릇을 빼앗아……. 난 우리 아버지 목사셨지만 그래도 가톨릭은 좀 나을 줄 알았는데……. 인간이 아니에요. 실은 처음에 소망원에서 죽은 사람들의 유족들 말을 우리 센터에서 녹취해서 녹음 푸는데 우리 모두 정말 많이 울었댔어요. 여기 지옥보다 더한 곳이에요."

서유진이 가톨릭에 대해 이야기하자 한이나는 이십 년 전에 이미 타국으로 망명했으나 이제 쿠데타와 군부독재로 난장판이 된 조국의 이야기를 듣는 것처럼 부끄러움을 느꼈다.

"알겠어요, 한 기자? 지금부터 내가 하는 말 백 퍼센트 나의 상상력인데, 얘네들 지금 소망원 터지기 전에 그걸 덮으려고 혹은 터져도 자기네가 이렇게 쇄신하고 있다라는 면피용으로 밑에서

독자적으로 부정을 저지른 백 신부를 자르려고 하는지도 몰라. 그래야 상층부를 징계하지 않아도 되니까. 말하자면 박정희가 무슨 위기만 닥치면 간첩단 사건을 발표한 것과 같다고 할까? 아, 한 기자는 박정희를 모르는 세대지?"

한이나는 공증을 거친 녹취록을 받아 들었다.

"예⋯⋯. 그 사람 총 맞아 죽었다고. 저 태어나기 전에."

"아, 그래요, 그래. 내가 나이가 많긴 많다."

서유진은 웃었다.

"어서 가봐요. 소망원에서 해먹은 놈들이나 이 백 신부나 하긴 도긴개긴이야. 어쩌다 종교가 이렇게 투전판이 되었는지 모르겠어⋯⋯. 무진 기레기들은 다 덮는데 그래도 서울 명화 방송국에서 취재가 내려온다나 봐."

한이나는 소망원에 대해서는 더 묻지 못했다. 공증된 녹취록을 받아 들고 무진 교구청으로 뛰어가자 최별라는 벌써 와 있었다. 추석이 다 되었지만 해는 한여름처럼 뜨거웠고 그들이 들어선 무진 교구청에는 이상한 긴장감이 감돌고 있었다. 방송국의 중계차도 오늘따라 더 긴장되어 보이는 것은 아마도 그 때문일 것이었다.

"기자님예, 우리 하느님께서 제 기도를 들으셨으예. 얼마나 좋던지 밤새 잠이 안 오는데⋯⋯, 하늘나라에서 우리 민주가 다 보고 있을 낀데 싶으이 그때서부터 눈물이⋯⋯."

그제야 바라보니 최별라의 눈이 많이 부어 있었다. 두 사람은 로비에서 만나기로 한 신부를 기다렸다.

"기자 샘예, 아십니꺼? 제가 요새 인터넷 뉴스를 보이 무진 교구가 수백억을 들여서 여기 교구청 일대를 재개발하면서 교구청에 아무나 못 들어가는 것은 물론 들어가도 딱 볼일만 보고 가게 해뿌릿답니더. 예전에는 가는 길에 누구도 만나고 누구도 마주치고 해쌓는데 이제 거지도 구걸 못 하게 하고 싹 청소를 마해버릿답니더. 자동화인가 뭔가로 거지가 아무리 죽어가게 배가 고파도 안에 있는 사람들하고 얼굴 한번 못 보게 만든 깁니더. 참으로 제가 성지순례 가보니께네 잘사는 나라 교구청 앞에도 거지가 깡통을 놓고 있고 창녀들이 우글거리던데, 우찌 잘살지도 몬하는 우리 교구청 앞은 이리도 깨끗하게 쓸어버렸을까예……."

주교의 역할을 대신한다는 총대리 신부는 약속 시간이 좀 지나자 두 사람 앞으로 나와 면회실로 가서 앉았다. 40대 중반쯤 되었을까. 그는 일찍 교구의 요직에 오른 엘리트인 것 같았다. 그는 자신이 엘리트라는 것을 알리고 싶어 하는 듯 R 발음이라든가 F 발음을 특별히 굴렸다. 그러나 그런 발음을 할 때도 어디까지나 자신은 배운 사람으로서의 의무를 다할 뿐이라는 듯 딱딱하게 굳은 무표정한 얼굴로 정성일이 증언한 봉침 관련 녹취록과 최별라가 내미는 예금 거래 확인서를 받아 들었다. 불필요한 시간 낭비를 없애며 성실하게 살아가자, 라는 걸 평생의 신조로 삼은 듯 그는 필요한 말과 표정만 짓기로 마음먹은 것 같았다. 최별라가 가져갔던 예금 거래 확인서를 벌레 보듯 보며 만지지도 않던 사람이 다시 그것을 받아들이는 것을 보면 교구 내부에 확실히 변화가 오긴 온 것 같았다. 그것이 좋든 나쁘든 말이다.

"신부님예, 이번에는 확실히 되는 거지예? 이런 사람이 신부 하면 안 되는 거 맞지예?"

무뚝뚝한 총대리 신부 앞에서 최별라가 말했다. 총대리 신부의 이맛살이 순간 강하게 찌푸려졌다.

"그건 우리가 결정하는 게 아니고 하느님이 결정하십니다. 주교님께서도 깊은 관심을 가지고 계시고 우리 교구는 사제들의 청렴을 제일 원칙으로 하고 있으니 좋은 결과 있기를 바랄 뿐이죠. 연락드리겠습니다. 두 분 연락처는……."

총대리 신부는 최별라에게 그렇게 말하다가 힐끗 한이나를 보았다.

"이분은 뉴스테……."

왠지 이나는 그에게 자신의 정체를 밝히고 싶지 않아 최별라를 제지하며 자신의 연락처를 포스트잇에 써서 내밀었다. 총대리 신부가 무표정하게 받은 서류 위에 한이나의 연락처를 붙이고 덧붙였다.

"백 신부를 징계하기 위해 징계 위원회가 열릴 텐데 솔직히 참 사회 신부님들이 다 인터넷하고 이런 도표 보고, 뭐 해석하고 그러시기에는 나이가 많으세요. 이해해주시기 바랍니다. ……만일 이걸 이대로 드리면 무슨 소린지 모르세요. 그러니까 이걸 다 풀어서 설명을 해드려야 돼요. 연로하신 분들이라 컴퓨터도 못 하시고요. 그러니 둘 중에 한 분이 이 모든 사실을 길게 풀어 써주세요. 그럼 그걸 인쇄해서 우리가 참사회 위원들께 미리 나눠드리면 일 처리가 빠를 것 같은데요. 글씨도 좀 많이 키워주시고요. 누가 하시겠습니까?"

한이나가 잠시 망설이다가 "제가 하죠" 하고 말했다. 총대리는 "빠른 시간일수록 좋습니다" 하고 스르르 안으로 사라져버렸다. 돌아서는데 그의 바지가 발목까지 가느다랗게 내려와 있었다. 마치 출국장의 보세 구역에서 나왔다가 환영객들을 보고 다시 출국장 안으로 사라지는 무표정한 피팅 모델을 보는 듯했다.

"기자님예, 그거 자기네가 다 풀어서 쓰면 되는 거 아닙니꺼? 우리가 그런 것까지 해다 바쳐야 하는 겁니꺼? 그라고 요즘 세상이 어떤 세상인데 이메일도 못 받아보는 사람들이 윗자리에 앉아서 교구를 이래라 저래라……. 참 무시다! 내 같은 아줌마도 SNS 뒤져서 나쁜 신부 놈 찾아내는 세상에……. 참으로 한심합니더. 그러니 저 나쁜 백 신부 놈이 인터넷으로 돈 모으고 성자 코스프레를 해도 아무도 적발을 못 하지예. 참말로 어이가 없네예. 지들이 뭐 한다고 하루 종일……. 그렇다고 그 시간에 기도들도 안 하믄서."

"최별라 자매님 같은 분들이 열 명도 더 온다면서요. 그 사람들 상대하겠죠."

두 사람은 헛바람이 빠지는 것처럼 웃었다.

한이나도 그걸 생각하고 있었다. 엄밀히 생각해보면 신부든 주교단이든 결국 신도들의 노동에 빌붙어 사는 사람들이다. 국민의 세금으로 사는 사람들조차 이제는 그 돈을 제공하는 국민들에게 입에 발린 말이라도 자신들이 봉사한다고 나서는 지경이지만 종교계는 아직도 먼 일인 것 같았다. 남의 돈으로 살면서 그 돈을 주는 사람들에게 군림하고 있었다. 그것도 당당하게 말이다.

"게다가 옷이 저게 뭡니까? 바지라고는 원, 천 모지래서 억지로 꿰맨 것처럼 쫙 붙게 입고 나와서……. 아이고 무서라, 눈을 어디다 둬야 할지 모르겠더라구예. 안 그래도 무진 교구 들락거릴 때 저 신부 별명이 앞툭튀라 안 합니꺼."

"앞툭튀요?"

이나가 묻자 최별라가 가랑이 앞에 주먹을 대 보였다. 두 사람은 한참을 웃었다.

"옷 입는 것 가지고 너무 그러지 마세요."

한이나가 처음으로 어른스레 최별라에게 말했다.

"옷 입는 것 갖고 말하는 거 아입니다. 예수님도 그러셨어예.

안에 있는 게 밖으로 나오는 법입니더!"

"안에 있는 게 밖으로……. 아흑."

두 사람은 모처럼 소녀처럼 깔깔 웃으며 무진 교구청을 걸어 내려왔다.

"그나저나 기자님예, 여태까지 질질 끌다 왜 저럽니까, 저 사람들?"

최별라가 교구청을 걸어 나오다가 물었다. 한이나는 대답할 필요가 없었다. 교구청 앞에 여남은 사람들이 모여 집회를 열고 있었다. 이나는 그 앞에 서 있는 서유진을 보았다. 서유진 쪽에서는 이나를 보지 못한 것 같았다.

"소망원에서 죽어간 사람들, 천주교는 책임져라!"

"무진시는 무진 교구를 즉각 수사하라!"

"무진의 수치다, 삼백십이 명이 죽었다."

"비리 백화점 무진 교구에 특별 감사를 실시하라!"

"저것 때문인 것 같아요. 저것 때문에 교구가 다급해진 것 같아요. 희생양을 만들어야 하니까요."

한이나는 대답하면서 이것이 과연 행운일까 불운일까 잠시 생각했다. 그래도 최별라의 기분은 얼마간 좋아 보였다. 이곳에서 피켓을 들고 서 있은 지 삼 개월 만이었다. 엄마의 어법에 따르자면 평신도가 이긴 최초의 사건이었는지도 모른다. 그때 누군가가 흙빛이 된 얼굴로 그들과 어깨를 부딪히며 교구청 쪽으로 걸어 올라갔다. 얼굴이 지옥에서 방금 나온 듯 흙빛인 노년의 여성이었다. 몇 걸음 걷다가 최별라가 문득 걸음을 멈추었다.

"어디서 많이 보았다 했어요, 기자님."

"네?"

최별라는 그 자리에서 핸드폰을 꺼내 검색을 시작했다. 그리고 잠시 후 한이나에게 사진을 한 장 내밀었다.

"엄맙니더⋯⋯."

"⋯⋯."

"이제야 감이 잡혀요. 백진우 신부 엄마입니다. 얼마 전에 교구에 편지를 보내서 행여라도 내 아들 건드리면 교구청 앞에서 자살할 거라고 했다 합니다. 원래 아들 신부 되기 전에 일수놀이를 하는 고리대금업자로 유명하다고 하던데."

"그럼 육⋯⋯선옥?"

"맞을 낍니더⋯⋯. 보통내기가 아니라고 소문이 자자합니다. 아들이 신부 되기 전에는 시장 돌아댕김서 일수를 억수로 모질게 찍었는데 아들 신부 되고는 마 그건 못 하고⋯⋯. 여기 보실래예? 여기⋯⋯."

최별라는 한참을 핸드폰 위로 손가락을 이리저리 움직이더니 어떤 글을 찾아냈다.

며칠 전 백진우가 올린 글이었다.

백진우
3일 전

교구의 탄압은 점점 더 심해지고 있습니다.

저는 예수님의 수난을 날마다 묵상합니다.

어머니는 제가 밤잠도 못 자고 기도하는 것을 보시고

숨죽여 울고 계십니다.

성모님의 고통을 몸소 겪으시는 것이지요.

아버지를 잃고 저 하나 보고 살아오신 어머니는

사실 제가 신부가 되는 것을 반대하셨지요.

어머니는 제가 신학교에 가면 목을 매서

죽어버린다고도 하셨습니다.

저는 어머니를 위해 소명을 거스르려고도 하였습니다.

그러나 저는 부름을 받은 사람이기에

하느님께 모든 것을 맡기고 신부가 되었고

어머니는 지금 제 가장 든든한 지원군이며 친구이십니다.

어머니는 날마다 저를 위해, 교회를 위해 기도하십니다.

이제 어머니는 누구를 위해 기도해야 합니까.
저희 어머니를 위해 기도해주십시오.

두 사람은 잠시 서로 마주 보았다.

"그땐 신부가 되면 목 매단다고 하고 이젠 신부가 못 되게 하면 목을 매단다고요?"

"그리고 알아냈어요. 은행 다니는 우리 딸 친구가 가르쳐줬어요. 돈이 자꾸 왔다 갔다 하는 거, 그거 세탁이라는 거 한 거랍니다."

"세탁……"

"왜 기자님도 말했잖아요, 엄마랑 왜 돈을 그리 주고받냐고요. 그게요, 세탁이라 캅니다."

4

한이나는 교구에 제출할 문서를 작성했다. 문서 작성
자체야 하나도 어려운 일이 아니었다. 일단 최별라의 딸 김민주
의 자살과 그 카카오톡 메시지, 그리고 정성일에게 들은 봉침 이
야기까지 첨부했다. 그의 전화번호를 기재함으로써 신뢰도를 높
이기도 했다. 정성일에게도 교구에서 전화가 갈 수 있음을 인지
시키고, 그날 밤을 지새우며 문서를 작성해 총대리 신부에게 메
일로 보냈다. 인쇄를 해도 잘 보일 수 있도록 여백도 많이 두었다.
꼭 양로원 할아버지들에게 보내는 메일 같았다. 그녀는 망설이다
가 자신에 대한 성추행 건은 뺐다.

일은 일사천리로 진행되는 듯했다. 잘 받았다는 연락이 왔다.
신부는 그날은 뭐가 기분이 좋았는지 용건을 말한 끝에 이런 문
자도 덧붙여 있었다.

몰라뵈어서 죄송합니다. 오승화 화백님 그림은 저희 신학교에
달력으로 많이 걸려 있었죠. 안부 전해주십시오. 메르시 보쿠.

하운 바다에 밀물이 들어오고 다시 썰물이 되며 며칠이 지나 갔다. 아침 바람은 아주 약간이지만 서늘해졌고 곧 추석이었다. 철새들은 깃을 가다듬으며 떠날 준비를 했다. 어딘가 북녘에서 다른 새의 무리들이 이리로 날아오려고 깃을 다듬고 있을 것이다. 엄마는 간간히 사건이 어떻게 진행되는가를 물었다. 그러고는 고개를 갸우뚱하다가 대꾸하곤 했다.

"그래도 아직 양심들은 있어서 저런 막장 신부를 징계를 하긴 하려나 보지."

며칠 후 명화 방송의 〈역사가 되는 사실〉 프로에 무진의 소망원 이야기가 방송되었다. 인터넷은 충격으로 들썩거렸다. 무진 교구 주일 미사의 참여 인원수가 반으로 떨어졌다는 소문이 들렸다. 무진은 가을바람이 아니더라도 스산했다.

한이나는 자료들을 정리하다가 이해리의 전 시누이라는 사람의 연락처를 발견하고 문자를 보냈다.

채수연 씨에게 이야기를 들은 뉴스텐의 한이나 기자입니다. 이해리에 대해 이야기 듣고 싶어요.

문자를 읽었다는 표시는 떴는데 답은 오지 않았다. 그렇게 일주일이 지나갔다.

잠에서 깨어나 습관처럼 핸드폰을 들었을 때 이나는 낯선 문자 메시지가 떠 있는 것을 보았다. 이나가 문자를 보낸 것과는 다른 낯선 번호였다.

어제 오빠와 아버지 산소에 다녀왔습니다. 말해도 좋겠느냐고 물었지요. 결심했습니다. 저까지 죽어버린다 해도 말하겠다고. 언제든 연락주시면 나가겠습니다. −리나 고모

채수연이 말하던 해리의 시누이였다. 문자가 도착한 시간은 새벽 3시 반. 늦게까지 잠 못 드는 사람이거나 얕은 잠에서 깨어난 사람이 깨어 있는 시간, 어둠이 제일 짙은 시간, 다시 잠을 청하기도 떨치고 일어나 하루를 시작하기도 힘든 그 시간. 아마 그새 번호가 바뀌어 연락이 잘 안 되었던 거라고 생각하고 이나는 바로 답신을 보냈다. 이번에는 지체하지 않고 다시 답이 왔다.

내일 10시 김해 공항에서 뵈어요. 정확한 장소는 다시 연락드리겠습니다.

다음 날 이나가 공항에 도착한 것은 9시 반이 조금 넘은 시간이었다. 새벽부터 일어나 서둘렀지만 안개가 너무 심했다. 겨우겨우 터미널까지 와서 공항버스를 탔더니 이나의 차로 오는 것보다

오히려 일찍 도착해버린 것이다. 스타벅스에서 커피를 사서 이나는 공항 밖으로 나왔다. 이곳에는 안개가 없었다. 상쾌한 아침이 다시 미지근한 오후를 향해 달려가고 있었다. 다시 문자가 도착하는 소리가 들렸다. 아직 10시가 되지 않은 시간이었다.

주차장 B 구역 팻말 아래로 와주시겠어요?

왜 이런 짓을 하는지 알 수 없었다. 이나는 천천히 공항 B 구역으로 이동하면서 답신을 남겼다.

알겠어요. 남색 원피스를 입고 있어요. 머리는 단발이고요.

잠시 후 소나타 승용차가 이나의 옆에 섰다. 얼굴이 아주 작아 선글라스가 얼굴의 반 이상을 차지한 여자가 창을 내렸다. 여자는 한눈에도 꽤 미인이었다.
"타세요."
차에 타고 나자 약간 두려운 기분이 들었다. 어쩌면 어떤 범죄 조직에 의해 납치될 수도 있다거나, 뭐 그런 생각……. 이나는 서둘러 지희에게 문자를 남겼다.

이해리 추적하다가 김해 공항까지 왔어. 날씨 좋다.

문자 보내기를 누르면서 이나는 세상에 자신이 의지할 사람이 이토록 없었다는 것이 새삼 놀라웠다. 만일 자신이 납치된다 한들 지희는 하반신이 자유롭지 못한 상태인데…… 하지만 이내 생각은 바뀌었다. 아니다. 지희는 누구보다 명민한 머리와 추리력 그리고 집중하는 기질을 가졌다. 지희라면 나를 찾아줄 거야, 같은 생각이 생각에 이어 뻗어간 것은 차가 공항을 빠져나갈 때까지 운전자 역시 한마디도 하지 않았기 때문이었을 것이다. 이런저런 공상을 하는 동안 이나는 자신이 오래도록 혼자였다는 것을 새삼 깨달았다.

차는 공항을 빠져나와 트럭과 트레일러가 빼곡한 길을 지나더니 어느 강둑에 섰다. 여자는 그제서야 선글라스를 벗었다.

"죄송합니다. 인사가 늦었네요. 송윤희라고 해요……"

여자는 미인이었지만 불면의 흔적같이 검은 눈 그늘이 짙었다.

"예, 한이나라고 합니다. 뉴스텐 기자예요. 잠시 어머니가 편찮으셔서 무진에 내려왔다가 이해리에 대해 알게 되었어요. 더 정직하게 말씀드리면 이해리와는 어린 시절 친구입니다. 중학교 삼 학년까지 가깝게 지냈어요. 아주 친한 친구였다고 말씀드릴 수는 없지만 저희 집안과 그녀의 집안에서 서로의 이름을 대면 지금도 식구들이 서로 아는 그런 사이니…… 친하다고 이야기해야 되겠네요."

송윤희의 눈이 의외로 슬퍼 보였기 때문이었는지도 모르겠다.

이나는 누구를 만나도 하지 않던 이야기를 꺼냈다. 이나는 안다. 슬픈 사람은 악할 수 없다, 악한 사람은 슬플 수 없듯이. 슬픔이 무력함이고 수동적이며 받아들임의 형태라면 악함은 욕망이고 공격적이며 거부의 형태이다. 욕망과 공격과 거부가 악하다는 이야기는 물론 아니었지만 말이다. 그리고 슬픈 사람들끼리는 서로 한눈에 알아본다.

"들었어요. 채수연 선생님께서 전화를 하셨더라고요. 들어주셨다고, 끝까지 믿어주셨다고요."

이나는 잠시 말을 멈추었다. 들어주었다는 말은, 그래서 고맙다는 말은, 그러고 보니 정성일도 한 것 같았다.

"지난 몇 년 동안 제 이야기를 끝까지 믿어주신 사람은 지금이 처음입니다."

"아, 예."

"죄송해요. 지난번에 이해리를 추적하러 다니다가 조폭으로 추정되는 사람들에게 협박을 당한 적이 있습니다. 이해리의 영향력이 어디까지인지 솔직히 알 수 없어요. 무진의 조폭들과도 연관이 있는 듯하고 도청까지 가능하다고 들었습니다."

"설마요, 어떻게 그런 일이⋯⋯."

이나는 왜 이해리와 관계된 사람들이 마치 해리 포터 시리즈의 볼드모트처럼 그녀를 두려워하는지 알 수 있었다. 왜 그녀를 응징하거나 고발하거나 드러내지 못하는지. 하지만 그녀가 대체 무슨 권력으로 조폭을 동원하고 협박을 하는지. 송윤희는 피식 웃었다.

"저희 오빠…… 결국 그녀의 덫에 걸려들어 그녀에게 살해당해 죽었지요. 아버지까지……. 이 모든 일이 다 합쳐서 일 년 남짓한 시간 만에 일어났어요."

약간의 충격이 왔다. 어떻게 그런 일이 일어날 수 있을까. 만남과 임신과 출산과……. 그것만으로도 이미 일 년은 족히 걸리는 시간일 텐데.

"어디서부터 이야기해드릴까요? 제 입으로 다시는 이야기를 꺼내지 않으려 했는데……. 오빠가 그렇게 죽은 이후로 하루도 제대로 잠을 잔 적이 없어요. 수면제의 양이 점점 늘다가 이제는 삼십 알을 먹어도 듣지 않는 지경에 이르렀네요."

여자는 피곤한 듯 잠시 눈을 부볐다. 새벽 3시 반이라고 기록된 문자 메시지가 생각났다.

"오빠는 교통사고로 다리를 잃었어요. 몸의 상처가 낫기도 전에 우울증이 왔고 원래 하고 싶어 하던 권투 체육관 문을 닫고 고모네 가게에 나가 카운터를 보았죠. 고모는 부산에서 제법 큰 횟집을 운영하고 계셨는데 거기서 이해리를 만났어요. 이해리는 알바생이었습니다. 처음부터 저는 그녀가 불길했어요. 여자의 직감이죠. 걷는 것도 께름칙했고요."

"걷는 게 께름칙해요?"

이나의 질문에 송윤희가 정색을 하고 이나를 바라보았다.

"예……, 모르시나요? 그녀의 걸음걸이는 아빠 장화를 신은 어린아이처럼 어기적거려요. 그건 그러니까 성관계가 몹시 문란한 여자가 본능적으로 걷는 모습이라고 해요. 다리를 벌려야 편하다고나 할까요? 영화 〈귀여운 여인〉이었던가요? 처음으로 백화점에 가서 고가의 옷을 사고 귀부인인 척하려던 여자가 충고를 하나 듣지요. '그런 걸음으로는 그 옷을 입는다 한들 당신은 귀부인이 될 수 없어요.' 하지만 별생각 없이 지나쳤는데 오빠가 그녀와 결혼을 하겠다고 했어요. 다급하게요."

"말씀 중에 죄송합니다만은 성관계가 문란한 여자가 걷는 것이 다르다는 것은 좀……."

"불편하셨다면 죄송합니다."

"뭐 그런 것은 아니지만 유독 여자에게만 부여되는 문란이라는 단어가 싫어서요. 그녀의 걸음걸이가 특이한 것은 인정합니다. 그리고 그녀가 다른 사람보다 성관계에서 자유로울 수도 있다는 것도요. 그것이 혈연들에게는 힘들었겠지요."

"……알아주셔서 감사합니다. 그녀가 알바생으로 온 지 한 달도 되지 않았을 때였어요. 오빠는 완전히 그녀에게 빠진 것 같았어요. 아버지와 제가 이해리에 대해 알아볼 새도 없이 결혼식을 올렸어요. 화가 난 아버지는 결혼을 반대했고 끝내 결혼식에 오지 않으셨어요. 그리고 바로 이해리의 배가 불러오기 시작했죠.

당연히 다들 오빠와 일이 있었다고 생각했어요. 그러나 여자인 저의 생각은 좀 달랐어요. 분명 오빠가 저기 카운터를 본 지 한 달이 조금 넘었을 뿐이었거든요. 내가 묻자 오빠는 '원래 알던 사람인데 내 아이를 임신해서 데려온 것'이라고 했어요. 이해할 수 없었지만 이왕 올케가 되었으니 참고 넘어갔지요. 다른 건 다 빼고 그날만 이야기할게요. 깊은 밤 달리던 차가 전봇대를 박았는데 이해리는 안전벨트를 맸고 오빠는 안전벨트를 매지 않은 채 조수석에 탔었다고요. 게다가 부딪히는 순간 그녀가 핸들을 왼쪽으로 급격히 꺾어 조수석 쪽이 심하게 파손도 되었고요. 경찰에서 그녀는 그렇게 말했죠. 그러나 오빠는 절대로 안전벨트를 매지 않는 일이 없었어요. 왜냐하면 안전벨트를 매지 않았던 교통사고에서 두 다리를 잃었던 오빠는 일단 차를 타면 그게 누구든 안전벨트를 매지 않으면 차를 출발시키지 못하게 했던 사람이었다고요. 그런데 그가 안전벨트를 매지 않아 죽었다? 더구나 오빠 앞으로 세 개의 생명보험이 가입되어 있었대요. 가입한 지 모두 석 달도 채 되지 않았던 거지요. 가입자는 이해리, 수혜자도 이해리였어요. 우리는 격렬하게 부검을 원했지요. 보험사도 강하게 의심했죠. 그리고 부검이 실시되었는데 뜻밖에도 수면제 성분이 검출되었다고 해요. 강력한 수면제였지요. 그 사실이 통보되던 날 해리는 경찰 출두 명령을 받았어요. 그리고 제가 기다리고 있었는데 경찰서로 오더라고요. 장작개비처럼 마른 해리는 경찰로 와서 마구 경련을 일으키더니 그대로 실신했어요. ……해리가 임신부였던 것이 참작이 많이 되어 수사는 더 진행될 수 없었다고 경찰이 말했어요. '유족의 아픔은 이해합니다만, 저렇게 슬퍼하시는 임신부인 부인도 생각을 해주셔야죠.' 해리의 말에 따르면 오빠가 자꾸 피곤하다며 좀 자겠다고 수면제를 복용한 채 운전을 부탁했고, 그래서 자신이 운전을 했는데 그만 자신도 깜박 조는 바람에 전봇대를 들이받았다고……. 어떤 미친 여자가 배 속의 아이가 있는데 일부러 사고를 내겠느냐고 했대요. 그녀의 말은 받아들여졌고 수사는 종료되었지요. 임신부였기 때문에요…….".

여자는 머리를 잠시 부볐다.

"오빠가 죽기 며칠 전 무슨 일 때문에 오빠 집에 들렀어요. 해리는 없고 오빠 혼자 밥을 먹고 있더라고요. 어디 갔냐니까 서울에 놀러 갔다는 거예요. 화가 나서 그래도 주말인데 모처럼 남편 쉬는 날에 밥이라도 해줘야 하는 거 아니냐고 하고 오빠와 잠시 마주 앉았는데 오빠가 제게 그런 말을 했어요. '나는 해리 사랑해……. 해리가 낳은 아이도 그렇게 사랑할 거야.' 그 순간 나는 해리 배 속의 아이가 오빠의 아이가 아니라는 것을 알았어요. 동생으로서, 가슴이 아팠지만 그런 오빠가 훌륭하다고 생각했어요. 더는 묻지 않는 게 시누이로서 제 예의라고도 생각했어요. 그런데 오빠가 이런 말을 하는 거예요. '그런데 윤희야, 여자가 남자를 사랑하면 어떻게 아는 거니?' 전 흘려듣고 말았죠. 심각하게 생각할 이유가 없잖아요. 웃으며 대꾸했죠. '그걸 어떻게 말로해? 그냥 아는 거지.' 오빠가 대답했죠. '그냥 안다……. 어떻게 아는데? 윤희야.' '그냥 아는 거야. 왜?' 아주 이상한 느낌이 들었지만 더는 이야기를 나누지 않았어요. 약간 불길한 느낌이 있었지요. 그날 오빠에게 더 물었다면 어떻게 되었을까? 오빠는 죽지 않았을까? 모르겠어요. 그날 제가 어떻게 했어야 했을까요?"

그녀는 눈물을 흘렸다. 이나는 온몸이 굳어와서 꼼짝도 못한채로 그 자리에 앉아 있을 수밖에 없었다.

"오빠가 죽고 육 개월 후 아버지 댁에 전화를 드렸는데 해리가 전화를 받았어요. 기절할 만큼 놀랐죠. '왜요? 아가씨. 제가 아버님 집에 온 게 뭐 잘못되기라도 했나요?' 다시 생각했어요. 이상하게 불길했지만……. 좋게요, 좋게 생각했어요. 며칠 후 아버지를 뵈러 갔는데 집에는 해리와 아버지뿐이었어요. 리나는 놀이방에 맡겨진 상태였지요. 대체 일도 안 하는 여자가 뭐 하는데 백일도 안 된 아기를 놀이방에 맡기는지 알 수 없었지만 그것도 '좋게' 생각하기로 했어요. 그런데 아버지를 십여 년 동안 돌보아드리던 파출부 아주머니가 그 집을 그만두신 것을 알았죠. 아주머니에게 전화를 하고 엄청난 소식을 들었어요. 해리가 아주머니를 그만두게 했다고 하더라고요. 동네에는 이상한 소문이 돌고……. 왜냐하면 사람들이 가끔 집에 들르면 그녀는 핫팬츠에 노브라,

거의 가랑이가 다 보이게 짧은 바지를 입고 끈만 아슬아슬한 민소매 차림이었다는 것이지요. 여름이면 그러려니 하는데 겨울까지, 한겨울에도 말이지요. 아주머니는 민망하다며 더 말하지 않으려고 했어요. 제가 한 주쯤 고민하다가 어느 날 불쑥 벨을 눌렀어요. 깜짝 놀랐죠. 거의 비키니에 가까운 옷을 입은 해리가 문을 열었어요. 그전에 제가 방문했을 때 그 정도는 아니었거든요. 게다가, 배꼽티에…… 노브라."

송윤희는 더 이상 말을 잇기가 힘든 듯했다. 이나도 더 듣기가 거북했다.

"그날……. 그날 덜덜 떨려오는 입술을 억지로 천천히 열어 제가 부탁했어요. 남들이 보기에도 그렇고 하니 아버지 집에서 떠나 독립해달라고. 아버지는 제가 돌보아드릴 테니 부탁드린다고 했어요. 올케도 젊은데 새 시작을 해야 하지 않겠느냐고……. 해리가 웃더군요. 그리고 태연히 말했어요. '그러고 싶어요. 정말 그러고 싶어요. 노인네 냄새도 나고 모시고 사는 거 정말 힘들어요. 그런데 제가 간다면 아버지가 죽겠다고 하세요. 어쩌죠, 아가씨? 아버지가 절 너무 좋아하세요.' 그 끔찍한 뉘앙스를, 그 뻔뻔스러움과 그 수치를 아세요? 아, 저는 잊지 못해요. 그건 세상의 모든 도덕이나 이목, 윤리 같은 것을 아마도 오래전 쓰레기통에 처박은 사람이 내는 소리였어요. 상상할 수 있으세요? 전 묘사할 수 없어요. 우리 주변엔 최소한 그런 사람은 없으니까요……. 그리고 그날 아버지가 전화를 해서 저를 세상에 태어나 제일 심하게 야단쳤어요. 어떻게 했길래 네 올케가 충격으로 쓰러져 병원에 입원했냐고요. 나중에 알고 보니 거짓말이었죠. 해리는 충격으로 누운 척하며 간호사를 불러 링거를 꽂고 온갖 쇼를 했나 봐요. 사실 충격을 받아 쓰러질 사람은 저였죠……. 그래서 저도 대들었죠. 해리는 악마이고 오빠의 죽음에 대해서도 의혹이 있다는 이야기를 했어요. 그날 아버지와 저는 해서는 안 될 말까지 해가며 다투었고 그 이후로 제가 아버지를 더는 찾지 않았어요.”

송윤희는 두 손으로 얼굴을 가렸다. 더 물어볼 수 없을 것 같았다.

“도덕이라는 거―참 제가 사회학 전공했어요. 교사 생활 하다가 오빠와 아버지 그렇게 되신 후 건강 때문에 휴직 상태입니다―, 모럴이라는 거 원래 중류층의 것이라는 거 알고 있었어요. 원래 왕, 귀족, 이런 사람들은 아무런 모럴의 제지를 받지 않아요. 그리고 또 하나 밑바닥 계층도요……. 그런데 해리는 처음부터 밑바닥인 것 같았어요. 얼굴은 천진했고 가끔 예쁘기까지 했어요. 그런데 밑바닥…… 도덕 자체가 아예 없어요. 한 기자님……, 알아요, 이런 거?”

이나는 천천히 고개를 끄덕였다. 사춘기 시절 지하상가에서 주인 남자에게 자신의 팬티 색깔을 이야기하며 깔깔대던 해리. 겨우 열네 살 때, 해리는 그랬다. 그것은 모럴의 문제였을까, 아니면 욕망, 섹스? 아니 그게 아니라 세상의 권력자들이 가진 욕망에 대한 욕망, 보복의 욕망이었을까. 이나는 그 후로도 오랫동안 생각했었다.

"그리고 아버지가 돌아가셨습니다. 해리는 아버지 돌아가시기 바로 전날 여행을 떠났지요. 그 전날, 해외로요. 돌아가시던 날 새벽 아버지가 전화를 했어요. 저는 수면제를 먹고 취해 있는 상태였어요. 아버지 번호가 떴는데 아버지가 말씀을 안 하시더라고요. ……잘못 걸렸나 싶었어요. 왜 핸드폰 잘못 누르면 그쪽에서 아무 말도 안 하게 되는. 별생각 없었어요. 저도 약에 취해 있었고요. 그래도 이상해서 다음 날 학교 출근하는 길에 십 년 근무하시던 아주머니에게 가보시라고 했지요. 그리고 학교로 전화가 왔어요."

송윤희는 잠시 말을 멈추었다. 그녀는 아직도 그날에서 벗어나지 못한 것 같았다.

"처음에 경찰은 도둑이 들었거나 강도의 소행으로 보았다고 해요. 집 안의 서랍이란 서랍, 장롱이란 장롱은 모두 열려 있고 다 뒤진 흔적이 남아 있어서요. 알고 보니 아버지는 원래 당뇨가 심해 집 안 곳곳에 사탕과 초콜릿 그리고 단 과자 등을 늘 놓아두고 있었는데 그날 파출부 아주머니가 문을 열고 들어가니 집 안이 쑥대밭처럼 다 파헤쳐져 있었다고 해요. 살펴보니 늘 드시던 약 서랍이 텅 비어 있고 집 안 어디에도 사탕 한 알 없었다고

226

해요. 부엌에 설탕조차요……. 이해리…… 그녀가 여행 간다고 떠난 지 만 하루 만이었죠. 의심을 하자면 약과 사탕 그리고 설탕까지 단것을 모두 감추어버리고 그녀가 떠나버린 것이지요. 당뇨약이 떨어지는 날을 정확히 알 수 있었을 테니까요. 그도 아니면 약까지 감추어버렸을 수도 있고요. 약이나 사탕 같은 것을 찾으려고 집 안 곳곳을 뒤지다가 새벽에 그만 저혈당 쇼크로 돌아가신 것이라고 추정된다고 하더라고요. 그리고 이미 그 집과 예금통장 등은 모두 그녀 앞으로 돌려진 상태였다고요."

비명은 이나의 입에서 먼저 나왔다. 송윤희는 오히려 침착해진 것 같았다.

"어떤 살인의 증거도 찾을 수 없는, 완벽한 살해였어요. 아버지가 그렇게 되시면서 저는 오빠의 죽음까지 살인이라는 것을 다시 한 번 확신했어요. 그러나 방법이 없었습니다. 정신과에서 주는 약을 먹지 않으면 지금도 견디지를 못하고……."

송윤희의 얼굴은 노랗게 질려가고 있었다.

5

"한 기자님예, 해냈십니더. 그놈 면직이 전격적으로 확정되었어예……. 그동안 백 신부를 교구에 고발한 사람들이 우리 외에도 억수로 많았다 캅니다. 하느님께 감사합니더. 아침 일찍 요양원에 민주 아빠 보러 갑니더. 많이 울 거 같아예. 이제 저놈이 천벌받는 거 보고 싶습니더."

무진 터미널에 도착해 막 자신의 차에 올라타자 전화벨이 울렸다. 최별라였다.

"아, 애쓰셨어요. 어머니의 힘이 이겼습니다. 곁에 계시면 제가 따님 대신 안아드리고 싶어요."

이나가 천천히 말했다. 그런데 기쁜 음성은 서서히 울음으로 변해갔고 울음소리가 생각보다 오래 수화기 저쪽에서 계속되었다.

"그런데예 기자 샘, 보고 싶어예……. 우리 딸예……, 그놈이 면직되믄 머합니꺼. 그놈이 죽으믄 머한답니꺼. 기자 샘, 그놈 면직당하지 말고 그냥 우리 딸이 '엄마, 잘했어', 이랬으면 싶어예……. 오늘 총대리 신부가 전화를 했는데 소식 듣자마자 그냥 더 절절

228

한 게 보고 접다는 생각, 우리 딸 안아보고 싶다는 생각……, 그게 먼접니더. 기자 샘."

최별라는 오래 울었다. 집으로 돌아가는 하운의 꼬불꼬불한 길을 달리며 실은 이나도 목이 메어왔다.

"감사합니더, 기자 샘. 제 말에 귀를 기울여주셨어예. 감사드려예. 죽는 날까지 기자 샘 위해 기도할 낍니더."

생각보다 모든 것은 순리대로 그리고 일사천리로 끝나는 듯이 보였다. 이나는 그리고 많이 앓았다.

"참 나, 나 아프다고 내려와서 네가 앓아눕는구나, 그치?"

엄마는 웃으며 이나를 바라보다가 그녀를 안았다.

"그래도 교회가 아직 교회구나. 고맙네, 참 고맙다."

그때 이나는 문득 이제 딸을 안을 수도 없다며 울던 최별라의 눈물을 떠올렸다. 하지만 미진한 구석도 있었다. 무진 교구는 소망원 사태를 절감하며 아프지만 인적 쇄신을 하겠다고 발표했던 것이다. 백 신부의 면직은 사태를 전혀 모르는 사람들에게는 얼핏 소망원 사태를 해결하려는 무진 교구의 자체 정화처럼 보이기에 충분했다.

어쨌든 그 며칠 후 이나는 오랜만에 고향에 돌아온 이 휴가 아닌 휴가를 즐기기로 마음먹었다. 병에서 회복된 이나에게 초가을에 찾아온 늦여름 인디언 서머처럼 따사롭고 평안한 날들이 이어졌다. 이미 학부형이 된 동창을 만나기도 하고 시내 서점에 가서 책을 열댓 권 골라오기도 했다. 샌드위치와 보온병에 든 녹차 그리고 읽을 책과 작은 돗자리를 챙겨 자전거 앞 바스켓에 싣고 더 먼 바닷가까지 하이킹을 다녀오기도 했다. 해리의 일은 자신의 해결 범위를 벗어난 일이었다. 엄마가 아프지만 않다면 더할 나위 없는 날들이었다. 엄마 말대로 양배추를 심다가 죽어도 좋은 그런 나날.

추석 연휴를 바로 앞에 두고 지역 신문들은 그제서야 아주 조금씩 소망원의 문제를 다루기 시작했지만 늘 주체도 책임자도 애매한 채였다. 언론에 몸담은 사람으로서 이나는 보수 언론들의 생태를 잘 알고 있었고 영세한 지역 언론으로서 그들 개인이 양심이 있든 없든 막강한 부와 권력을 가진 가톨릭을 무시할 수 없을 거라는 것을 알았기에 아무 기대도 하지 않았다. 이명박 정부지나 박근혜 정부 들어 한국 언론의 투명성은 이제 세계 100위 가까이까지 떨어져 내렸다. 언론의 투명성과 더불어 청렴 지수도 함께 떨어져 내렸다. 이럴 때 합리적이어야 할 세상은 정글로 변한다. 지성은 사라지고 감정과 원시적인 애증만 남으니까. 그럴 때 진보를 가장한 장사꾼과 사기꾼들이 나타나기 시작한다. 썩어가는 정글에서 하이에나뿐만 아니라 작은 벌레들도 포식자가 되는 것이니까. 이명박과 박근혜 정권을 비판하는 것만으로도, 세월호를 애도하는 것만으로도 그들은 장사를 할 수 있는 토양을 만난 것이다. 이럴 때 거대한 악은 작은 악의 보호막이 되어준다. 이렇게 정글로 변한 세상의 숲에서 언제나 먹이사슬의 제일 아래에 있는 사람들이 먼저 죽어나가는 것이다. 그게 아마도 소망원의 중증 장애인이었을 것이다.

그러나 솔직히 이나는 이 가을만은 그냥 이 양배추를 심는 나날을 이어가고 싶었다. 그녀는 나쁜 소식, 불길한 행정, 몇몇 사람들이 행하는 학대에 질려버린 채로 SNS조차 들여다보지 않고 있었다. 엄마는 다시 병원에 가서 검사를 받았다. 간 수치는 아직 떨어지지 않았다. 화급을 다투는 일은 아니었으므로 엄마의 주치의인 무진 가톨릭 대학 병원 김 박사는 추석이 지나고 나면 다시 날을 잡자는 말만 했다.

"별일 아니에요. 마음 편안히 잡수세요, 오 화백. ……간단히 잘라내면 되니까요. 다행히도 대장은 우리 몸 중에 제일 느림보라 걱정하지 않아도 될 거예요."

돌아가신 새아버지의 친구이기도 했던 김 박사는 그렇게 말하고 웃었고 두 모녀와 그는 잠시 그렇게 담소를 나누고 진찰실을 나섰다. 그리고 한이나는 엄마와 많은 말을 했다. 추석 연휴 동안 두 사람이 함께 해 먹을 음식거리며 새아버지 묘소 성묘 갈 날은 언제가 좋은지에 대해서 말이다. 최별라가 고향 부산에 화원을 열어 새 삶을 시작했다는 이야기도 나누었다. 화원의 이름은 딸의 이름을 따서 '민주 화원'이라고 했다. 병원 로비의 대형 TV에서는 뉴스가 흘러나오고 있었다. 예의 소망원 이야기가 주를 이루고 있었다. 로비를 지나 주차장 쪽으로 이어진 에스컬레이터 쪽으로 가면서 한이나는 뉴스 화면을 힐끗 보다가 그 자리에 멈추어 서고 말았다. 마치 연결된 끈이 있던 것처럼 오승화도 한이나를 따라 TV 쪽으로 고개를 돌렸다. 분명 화면에 비추는 것은 지난번 개인전 때 TV에 찍힌 오승화 화백의 모습이었고 그 곁에 오 년 전의 한이나도 보였다. 벌써 오래된 필름이었다. 그리고 그 영상 아래 커다란 글씨로 이런 말이 씌어 있었다.

오승화 화백, 전직 가톨릭 신부에게 피소. 사이버 통신상의 허위 사실 유포에 의한 명예훼손 혐의.

걸어가는데 난데없이 빌딩에서 떨어진 간판이 둔중하게 머리통을 치는 듯 느껴졌다. 얼핏 바라보니 엄마의 얼굴도 하얗게 질려 있었다. 자막이 이어졌다.

그녀의 딸 한 모 씨 외 5명도 함께 피소. 무진 교구 백진우 전신부 고소장 접수 밝혀.

6

엄마는 자꾸 입이 탄다고 했다. 얼음이 잔뜩 든 컵에 생수를 부어 이나는 엄마에게 내밀었다. 이나가 차를 운전하며 집으로 돌아오는 동안 엄마는 휴대폰으로 자신의 이름을 검색해보았고 자신과 자신의 딸이 며칠 전 면직된 백진우 신부에게 피소된 기사가 줄줄이 뜨고 있는 것을 알았다. '사이버 통신상의 허위 사실 유포에 의한 명예훼손' 혐의였다.

"어떻게 엄마가 소송을 당해? 무슨 일이야? 엄마."

"별 미친놈이 다 있네. ……명예가 있어야 훼손을 시키지."

엄마는 거실 소파에 앉아 얇은 재킷을 벗었다. 안개가 걷히면서 날은 다시 더웠다. 하늘의 구름은 엷었지만 태양을 가릴 정도의 위력은 아니었다. 중부 이북 지방에는 밤에 서리도 내린다는데 무진은 아직도 늦여름이었다.

"하기는? 내가 무슨 짓을 해? ……어쩌고 있나 하도 궁금해서 그 자식 페이스북에 들어갔는데 이게 아직도 신부복 입은 사진에다가 프란치스코 교황님 사진 잔뜩 올려놓고 사기를 치고 있길래…… 정중히 말했지. 사기 치지 말라고."

이나가 어이가 없다는 듯 웃었다.

"그렇게 썼다고? 엄마 페이스북 가입했어?"

"나 가입했어."

"언제?"

"니가 오 년 전엔가 가입시켜놨잖아, 그림도 올려놓고."

그제서야 기억이 났다. 아주 오래전 설이었던가 추석 무렵이었던가 집에 내려와 심심하던 밤에 엄마를 페이스북에 가입시켜놓고 엄마의 그림을 잔뜩 올려놓았던 것을 말이다.

이나가 오승화라는 이름을 검색해 페이스북을 들여다보는 동안 엄마는 부엌으로 가서 얼음 생수에 위스키를 따르는 것 같았다. 이나가 그걸 보고 소리쳤다.

"엄마, 간 수치 올라요!"

엄마가 뒤를 돌아보며 말했다.

"간 수치 계속 올라가고 있어. 어차피 올라가는 거 마시고 올리려고!"

이나가 어이가 없다는 듯 입을 다물지 못하자 엄마가 다시 말했다.

"아우 정말, 그놈의 자식 널 추행하고 이제 나까지 고소를? 어이가 없다. 그러길래 그때 길고양이 통조림을 만들어야 했어. ……너 날 왜 그렇게 봐? 말리지 마, 마실 거야. 놔둬. 뭐 어차피 수술하고 죽거나 그냥 울화통 터져 죽거나 죽기밖에 더해. 나 마실 거라고, 말리지 마. 아아, 간 수치 오른다. 오르라지!"

"말리는 거 아니야……, 나도 한 잔 줘."

이나는 웃으며 그렇게 말했고 오승화는 얼결에 자신이 마시던 잔을 딸 이나에게 내밀었다. 이나는 거실 테이블에 앉아 노트북을 켜고 백진우의 페이스북을 열었다. 그러는 동안 엄마의 전화벨은 쉴 새 없이 울리고 있었다. 무진 지역 신문 방송 기자들 혹은 엄마의 지인들인가 보았다. 엄마는 처음에는 몇 통의 전화를 받았다.

"아 예,《무진일보》김 기자……. 그거 뭐, ……명예가 있어야 훼손이 되지요? 소망원? 아, 난 그런 거 몰라요. 내가 아는 건 그놈이 나쁜 놈이라고."

"그 신부하고 저하고 무슨 관계가 있어요? 저희 딸이 어렸을 때 중·고등부 담당 신부였다는데, 그 미친놈이 우리 딸을……. 소망원 비호요? 아, 됐어요, 그게 뭔데요? 나 전화 받고 싶지 않아요."

몇 통의 전화에다 대고 몇 번의 같은 말을 반복한 후 엄마는 전화기를 소파로 던져버렸다.

"김 박사님이 내 수술을 하기나 할 수 있을까? 수술을 받고 죽기나 할까 말이야. 그전에 죽을지도 모르겠다, 이나야."

엄마가 말하더니 위스키를 한 잔 더 따랐다. 이나는 "그렇게 마시면 수술하기 전에 죽지······" 같은 농담을 하기에는 적절하지 않은 시간이라는 것을 깨달았다.

백진우의 페이스북에는 수많은 사람들이 올리는 실시간 댓글로 가득했다.

문제의 포스팅은 이랬다.

백진우
15시간 전

원래 세상은 이렇다, 는 말은 무섭습니다.

어떤 노력도 필요 없기 때문입니다.

다 그렇고 그런 놈들이란 말도 무섭습니다.

결국 가진 자가 더 큰소리를 치며, 부당한 권력이

부정한 것을 당연한 것으로 만들어버리는

그런 세상이 당연하단 말이기 때문입니다.

이런 잔혹한 시대에 신앙이란 무엇일까요.

성직자란 무엇일까요.

236

어쩌면 바로 나쁜 상식에 대한 도전을

실천하는 힘이 아닐까요?

'원래 그렇다'는 그 말에 대한 도전 말입니다.

이 도전은 원래 불행한 사람이 있는 세상에 대한 것이고

당연히 불행에 대한 도전입니다.

재산 없고, 장애 가진 사람이니 불행하고

힘없는 사람이라 생각하는 것은

신앙이 아닙니다.

불쌍하니 밥이나 주면 그만이라는 생각도

신앙이 아닙니다.

소위 질서를 위해 말 듣지 않으면

강제 구금해도 그만이란 생각도

신앙이 아닙니다.

원래 불쌍한 사람이니 이렇게라도 챙겨주면

충분한 선행이라 생각하는 것도

신앙이 아닙니다.

원래 불쌍한 이들에게 이런 선행을 했으니

그 대가(代價)로 어느 정도 횡령은 괜찮다 생각하는 것도

신앙이 아닙니다.

이러한 것은 정말 신앙이 아닙니다.

오히려 신앙이 맞서야 할 악한 것들입니다.

만일 이러한 악행을 교회가 저질렀다면 어떨까요?

신문과 방송에 아직 보도되지 않았지만

교회는 이제 여기 소망원의 불법 감금 살인과 횡령에

대답해야 합니다.

왜냐하면 교회가 이십여 년 경영한 소망원에는

믿음, 소망, 사랑 중에

단 하나도 남아 있지 않았음을 보았기 때문이며

예수님께서 마지막으로 우리에게 숙제로 내어주신

'세상에서 가장 낮은 자들'의 밥그릇을 빼앗아

위스키와 골프채 그리고 창녀들의 치맛속과 바꾸어버린

사제들을 보았기 때문입니다.

나는 신앙의 이름으로, 상식의 이름으로

혹은 우리에게 정말 존재했던 적이 있었을까 하는

정의의 이름으로

믿음과 소망과 사랑과 아픈 우리 인간들의 연대의 이름으로

이들을 고발합니다.

만일 한 사람의 죽음이 한 사람의 이름과 인생으로

간주되지 않고 그저 집단으로 처리된다면

그 사회는 이미 집단적으로 죽은 사회입니다.

저는 사제로서

하느님의 법정에 끝까지 이 모든 불의를 고발할 것입니다.

엄마의 댓글은 쉽게 찾을 수 있었다.

 이보세요, 백 신부님. 아니 이제 백 씨, 미스터 백, 젊은 시절 우리 집에 왔었던 거 기억하지요? 당신은 나쁜 신부였는데 나는 그것도 모르고 당신에게 잘해주었어요. 나는 그것도 모르고 교구의 높은 신부님께 당신을 추천해드리기도 했지요. 지금 생각하니 우리 아이 말대로 저는 사람 보는 눈이 꽝인가 봅니다. 이제 신부가 아니니 신부 행세 그만하시고 쓸데없이 교구 비난 그만하시고 당신이 좋은 일에 쓴다고 모아서 어떤 여자한테 몽땅 다 갖다 바쳤다는 그 돈 도로 돌려놓으세요. 양심을 가지세요. 사제이기 이전에 인간으로서.

그리고 엄마가 쓴 그 댓글 아래 이미 수백 개의 비난 댓글이 달려 있었다. 폭탄이 터진 거 같았다. 오 년 동안 거의 포스팅이 없던 화가 오승화의 페이스북은 저들의 용어대로 '성지 순례지'가 되어 비난 댓글로 터져나가고 있었다. 엄마가 포스팅을 잘 보지 않고 댓글을 다는 바람에 오승화 화백은 거꾸로 소망원을 비호하는 적폐 중의 하나가 되고 만 것이었다. 한이나는 심각해야 한다고 생각했지만 잠시 후 배를 잡고 웃기 시작했다.
 "아, 엄마…… 엄마, 아 웃겨 죽겠어, 배 아파. 백 씨라고? 미스터 백이랫! 엄마, 이 세상에 태어나서 댓글 써본 적 있어?"

"내가 누구한테 그런 걸 달아봤겠어? 그래도 그 자식 나쁘잖아. 내가 미리만 알았어봐, 신부 옷 벗기 전에."

"길고양이 통조림을 만들어놓았을걸."

고소를 당한 두 모녀는 그렇게 웃었다. 생각해보니 죽음을 앞둔 엄마였다. 세상의 무엇이 두려울 것인가. 죽는다는데 고소 따위가 두려울까 말이다. 아니 어쩌면 위스키의 효능인지도 모르겠다. 아니면 아직 뜨거운 가을의 한낮, 바다에서 오르는 수증기가 후덥지근하게 정원을 덮었을 때 마시는 투명하고 알싸한 얼음의 효과일지도.

"내가 틀린 말 했냐고? 엉! 나쁘잖아! 지가 명예가 어떴냐고? 불쌍한 사람 준다고 돈 모아서 어느 기집애한테 가져다준 거, 그게 무슨 명예가 있냐고? 왜 이나야, 내 말이 틀리니?"

엄마는 위스키 잔을 들고 한 모금 마시려다 말고 발끈해서 말했다.

"맞는 말 했으니 고소를 하지."

이나가 대답했다. 두 사람은 누가 먼저랄 것도 없이 짠 하고 글라스를 부딪쳤다. 이나가 내려오기 달포 전 그날 밤 식어가는 안심 스테이크에 손도 못 대고 말없이 포도주를 마시던 그날 밤에 비하면 죽음은 이제 두 모녀 사이에서 캐주얼해져 있었다. 어쩌면 암세포는 그날보다 백만 개쯤 더 증식해 있을지도 모르는데 그건 오늘 두 모녀에게 아무 장애가 되지 않았다. 이나는 그게 좋았다. 명예훼손과 면직과 죽음과 자살과 성추행, 이런 거 말고 캐주얼해지는 죽음이 말이다. 그래서 한이나는 엄마가 소망원이라는 커다랗고 무서운 폭탄을 건드린 꼴이 되었다는 말은 하지 않았다.

7

　　한이나는 문득 웃다가 이상하다는 느낌에 다시 한 번 백진우의 페이스북을 들여다보았다. 그리고 그녀는 급히 어딘가로 문자를 보냈다. 잠시 후 서유진의 대답이 도착했다. 서유진이 보낸 사진 파일에는 무진 지역 각 신문사와 인권 단체로 보낸 자료와 성명서가 들어 있었다. 이나는 "잠시만 엄마", 하고 노트북 앞에 앉아 메신저를 켰다.

| 나만고양이없어 | 서유진 샘, 소망원 사건을 전 언론에 제보한 거 전에 보여주셨잖아요. 그 투서요, 그게 백진우 포스팅하고 똑같아서요. 원문하고 대조해보니 토씨만 다르더라고요. 그걸 보낸 사람이 누군지 아직 밝혀지지 않았나 봐요. 혹시 소망원 이 사건을 세상에 알리며 제보한 것이 백진우란 말인가요? |
| 박근혜아웃 | ……저희가 지금 이 투서를 보낸 사람을 물밑으로 수소문하고 있어요. 이상은 해요. 백진우라고 생 |

각하기엔 무리가 있어요. 이건 소망원 내부의 문서에 접근이 가능한 사람이어야 가능해요. 우리 센터에서 소망원 노조에 연락해봤는데 내부자들만 볼 수 있는 망으로 이미 이분의 메시지가 떴대요.

나만고양이없어 그럼 그분이 보낸 걸 백진우가 베꼈다? 그럴 수도 있겠네요. 제가 백진우 포스팅을 다 읽어봤는데 그는 이렇게 좋은(?) 문장을 쓰지 못해요. ㅎ

박근혜아웃 ㅋㅋㅋ 어이없게도 동일인이거나 베꼈거나…….
아무튼 현재까지는 그래요. 이 글은 무진 시내 웬만한 곳에 다 배달되었으니 신부들끼리 돌려봤을 확률도 꽤 높지요.

나만고양이없어 게다가 이 포스팅은 15시간 전, 그러니까 어제 쓴 거예요. 이미 면직 통보가 나간 후 이틀이나 지난 다음에요. 면직의 구실을 마치 자기가 교구의 비리를 고발하다가 희생당한 것처럼 꾸미려고 한 것 같아요.

박근혜아웃 그러네요. 참……. 사람들은 그것도 꼼꼼히 챙기지 않고 그냥 포스팅만 보고 마치 백진우가 소망원의 비리를 혼자 캐려다가 면직당한 것처럼…….
잠깐만요. 내가 아까 이상해서 소망원 노조 아는 분께 문자 보내봤는데…… 답 문자가 도착했어요.

잠시 후 서유진은 메신저상에 다시 등장했다.

박근혜아웃   확인되었어요. 이 글을 쓴 분은 소망원 내부의 분
            이래요. 확실해요, 백진우가 아닌 건.

나만고양이없어 @)@

박근혜아웃   그런 인간이라면 남이 쓴 이것을 능히 베끼고 이
            게 자기 글이라고 우길 만도 하군요. 난 가톨릭은
            잘 모르지만 그래도 신부 되려면 10년 이상 공부
            하셔야 하고 그 과정이 몹시 지난한 걸로 알고 있
            어요. 그런데 어쩌면 그 마지막 순간까지 남의 것
            을 베끼다니…….

나만고양이없어 원래 파렴치한 자라고는 알고 있었지만 이렇게 뻔
            뻔하다니요. 솔직히 어안이 벙벙해요.

박근혜아웃   저희 간사 시켜 무진 경찰서에 알아보았더니 오
            승화 화백님과 한이나 씨 그리고 최별라 씨 그리
            고 총대리 신부와 주교, 마리아의 수호자 수녀회
            신데레사 수녀 그리고 정성일 씨—기억나시죠,
            우리 그때 봉침 증언하셨던 분— 이렇게 총 일곱
            분을 고발했어요. 신데레사는 누구죠?

나만고양이없어 그 사람은 이해리 이전에 백 신부의 애인으로 추
            정되는 여자예요.

박근혜아웃	네?
나만고양이없어	죄송해요…….
박근혜아웃	죄송? 뭐가요? 왜요? ……저 잠깐 정신이 혼미해지고 있어요. 가톨릭 신부의 전 애인이라는 말이 감이 잘 안 왔어요. 게다가 수녀라니요? 사복 수녀? 전직 수녀가 아니고요?
나만고양이없어	예……, 현직이요.

두 사람은 잠시 아무런 대화도 이어가지 못했다.

나만고양이없어	아무튼 엄마와 총대리 신부 혹은 주교님은 백번 양보해서 이해한다 해도 최별라 님 그리고 정성일 님은 어떻게 알고.
박근혜아웃	나중에 경찰 조사 받으실 때 가면 알게 되겠죠. 저희도 그게 이상해요. 당연히 기각될 테니 걱정 마세요. 무진 교구가 꼴통 보수이긴 해도 거꾸로 검찰에 선도 많아서 이런 일은 잘 막아요.
나만고양이없어	그러면 좋겠지만 엄마가 지금 병환 중이시라.
박근혜아웃	글쎄 말이에요. 그것도 참작이 될 거예요.
나만고양이없어	황망하네요. 끝까지 거짓말하는 저 사람 불쌍하게도 여겨지고요.

박근혜아웃	이나 씨.
나만고양이없어	예.
박근혜아웃	이런 일을 많이 해본 사람으로 충고 하나 해도 된다면…….
나만고양이없어	예, 해주세요. 괜찮아요.
박근혜아웃	제일 중요한 첫째요!
나만고양이없어	예.
박근혜아웃	불쌍히 여기는 마음…… 절대로 갖지 마시고 마음 단단히 먹으세요. 이런 인간들은 대개 끈질기고 뻔뻔하고 부지런하기까지 해요. 필요하면 엄청 비참한 지경이 된 듯 불쌍하게 굴 거예요. 이들은 가면을 쓴 코스프레엔 달인들이에요. 이 사람들이 제일 좋아하는 사람들 부류가 있어요. 흔히 '상식적으로' 사고하고 늘 '좋은 쪽으로 좋게' 생각하는 사람들, 이게 이들의 토양이에요. 이게 이 사람들 먹이예요. 그래서 상식을 가지고 사는 우리 같은 사람들은 당해내기가 힘들어요. 그러니까 일반적인 생각을 가지고 대하면 절대 안 돼요. 아무리 작은 하나라도 다 의심해야 해요. 그래서 싸움이 정말 힘들어요.
나만고양이없어	잘 모르겠지만 어렴풋하게 이해는 돼요. 마지막

자신의 면직의 변을 남의 글을 베껴서 발표한다
는 것만 봐도 뻔뻔하고 끈질기고 그러네요.

박근혜아웃 딴 이야기 같지만 아버지가 살아계실 때 그런 말
씀 하셨어요. 부끄럽지만 제가 왕년에 문학소녀였
거든요. 그래서 글 쓰고 싶어 하니까 기도하라고.
그땐 무슨 소린가 싶었어요. 제가 아버지와 논쟁
을 했지요. 『파우스트』에 보면 닥터 파우스트조
차도 창작을 위해 악마의 도움을 받지 않느냐고.
천국은 따분하고 지루하며 지옥은 좀 힘들어서
그렇지 모험으로 가득 차 있는 거 아니냐고. 오죽
하면 흥미 있는 것을 말할 때 악마의 ○○, 어쩌구
하지 않느냐고 말이죠. 그러자 아버지가 말했죠.
"유진아 그게 바로 악마의 속임수야. 악마는 창
조하지 못해. 오직 흉내 내고 베낄 뿐이야. 악마
는 진부하게 하던 걸 계속하지, 그리고 말해. '원
래 그러는 거예요', '예전부터 이랬어요', '관행이에
요.' 이게 유일한 변명이란다. 하지만 무언가를 새
로 만들어내는 것은 선한 것, 그것은 선하신 신의
몫이란다. 신은 인간 얼굴 하나 강아지 얼굴 하나
복제하지 않으셨어. 신의 세계인 선은 다양하고
다채롭지만 지옥은 지루하고 공허해⋯⋯."

맘속에 그 말이 이상하게 남았어요. 남았지만 정말 깨닫게 된 것은 아주 나중 일이었어요. 게임 중독, 알콜 중독, 섹스 중독, 도박 중독, 식탐까지……. 이런 중독자들 보면서 그들이 즐겁다고 느끼는 것이 상식의 눈으로 보면 지루한 반복이라는 것을 안다는 거, 멀쩡한 사람들이 보면 지루한 걸 그들은 재미있다고 느끼고 심지어 목숨을 걸고 생명을 탕진할 만한 일이라고 느낀다는 거, 만일 진정한 창조자들이라면 그들은 전혀 새로운 걸 만들어내지 절대 남의 것을 표절하지 않는다는 거.

나만고양이없어 ……예.

박근혜아웃 죄송해요. 제 유일한 단점이 아버지 이야기 시작하면 이렇게 길어진다는 거. 친구들은 제게 말해요, "유진아, 또!" 그럼 제가 얼른 알아듣고 그만하죠.

나만고양이없어 아니에요. 생각 많이 하게 하시는 말씀 좋아요. 전 아버지가…….

한이나는 잠시 타이핑을 멈추었다. 있다고 쓸 수도, 둘이라고 쓸 수도 없는 어색한 순간이라는 걸 깨달아버렸고 잠시였지만 그런 아버지와의 한때를 회상하는 서유진이 부러웠다.

박근혜아웃 계부께서 한 총장님이셨죠? 저희 아버님과도 친
분이 있으셔서 젊으실 때 두 분이 등산로에서 찍
은 사진도 있답니다.

　서유진의 말에는 서둘러 한이나의 어색함을 덜어주려는 의도
가 다분했다. 계부라는 표현을 써서 네가 아버지가 둘이고 한 총
장이 친아빠가 아니라는 것을 알고 있으므로 굳이 힘들면 말하
지 않아도 된다, 라는 배려를 한이나는 느꼈다. 종이에 베인 것
처럼 아주 서늘하게 마음이 아파왔다. 하지만 바로 그 순간 또한
그 아픔 속으로 어떤 우정 같은 것들이 스며드는 듯했다. 마치 엷
게 베어진 상처로 자디잔 피가 스며 나와 두 사람 사이에 놓이는
것을 깨달았다.

나만고양이없어 예, 무진대 한 총장님이셨어요. ……서 목사님과
그런 사이셨군요. 그럼 우리는 아빠 친구 딸인 사
이가 되나요? ㅎㅎ 서 목사님 이야기 또 해주세
요. 지옥이 지루하다는 거 제가 앞으로 두고두고
곱씹어볼 말이네요.

　이나는 백 신부의 포스팅과 엄마의 댓글을 캡처하고 나서 다
시 그의 페이스북을 살폈다. 한 시간 전이라고 쓰여진 백 신부의

다음 포스팅도 이어졌다.

백진우
1시간 전

교구는 저를 면직시켜버렸습니다.

예, 저는 죄를 지었습니다.

소망원 사태를 비판했고 부자인 교회를 질타했습니다.

교회는 저의 말은 하나도 들어주지 않고

어쩐 일인지 제가 젊은 보좌신부 시절부터 저를 알고

오랜 시간 저를 증오한 유명하신 오승화 화백과

그의 딸의 말만 믿고 덜컥 저를 면직시켰습니다.

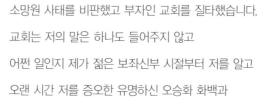

그들은 영향력 있는 사람들이지요.

오승화 화백은 전국적인 명성이 있는 화백이고 그림 값은

저 같은 사람은 엄두도 못 낼 만큼 비싸다고 하더군요.

오승화 화백은 저희 교구장이신

무진 교구 주교님과 어린 시절부터 친하신 분이고

그녀의 두 번째 남편, 유명하신 한 총장님도

이곳 무진에서 영향력이 있으셨던 분이니까요.

게다가 그녀의 따님은 유명한 언론사 기자이십니다.

(기레기라는 표현을 저는 쓰지 않으렵니다.)

저는 아무것도 없는 시골 신부입니다.

저희 어머니는 시장에서 열심히 장사하셔서

저를 키우셨습니다.

그러나 한번 세례받은 이는 영원히 세례받듯이

저는 한번 사제였으니 예수님을 따라 영원한 사제입니다.

마음속에서 피눈물 나나

저만 바라보고 기도하시는 어머니 생각에

내색도 못 하고 지냅니다.

당장 집을 비워줘야 하니 거할 곳도 없습니다.

어머니는 죽고 싶다고 하십니다.

그러나 하루아침에 해고된 노동자들,

장애인들 생각하며 그나마 이 처지도 감사드립니다.

전화 받지 못함을 양해해주십시오.

위로차 보내주신 성금, 송구스럽게도

당장 유용하게 사용하겠습니다.

이 인간, 페이스북에 뻔뻔하게 글 또 올렸네. 일관성 있어 좋아. 끝까지 돈이군!

백진우의 페이스북을 읽고 있는데 지희의 문자가 도착했다.

8

추석 연휴가 지난 직후 총대리 신부의 호출과 서유진
의 전화는 동시에 울렸다. 하나는 전화였고 하나는 문자였으니
까. 급히 와달라는 총대리 신부의 말을 듣고 교구청으로 가는 길
이었다.

서유진이에요. 서울의 방송국에 있는 후배에게 문자가 왔어
요. 백 신부가 소망원 비리를 제보하겠다고 서울의 주요 방송사마
다 투서들을 보내고 있대요. 더 밝힐 게 있는지도 모르지만 자기
가 소망원 비리를 항의하다 잘렸다면서……. 필요하면 직접 증언
하겠다고도 했다고 해요. 방송국 윗선에서 호감을 보이니까 PD
하는 후배가 확인차 제게 문자를 보낸 거예요. ……제가 이 신부
도 저질이라고 말은 해주었는데 교구하고 백 신부, 누가 더 저질인
지 막하막하네요……. 조심해요. 교구가 백 신부와 거래를 할 가
능성이 있어요. 현재는 교구가 백 신부보다 계속 먼저 선수를 치
고 있어요. 일단 백 신부에게 부패의 혐의를 씌워놨으니까요. 하지

만 백 신부 쪽에서도 만일 발설을 시작한다면 어차피 두 쪽 다 내상이 심해지는 거예요. 그러니 둘이서 퉁치고 서로 모른 척하면서 싸움을 오승화 화백 모녀와 신부의 개인적인 일로 끌고 갈 수 있어요. 조심해야 해요.

어쨌든 백 신부는 이제 내부가 아니므로 주교의 명령을 듣지 않을 테니까요. 다른 신부들은 다 침묵하는 중이고요. ……무진 교구 기가 막히네요. 가톨릭 언제 이렇게 썩었어요? 백진우 신부가 교구가 썩었다며 항의하는 것도 이제 보니 무리가 아니에요. 적의 적은 동지가 아니다……. 이거 새롭게 알았어요.

총대리 신부는 뜻밖에도 무진 교구청 일 층의 면회실이 아닌 삼 층 자신의 집무실로 이나를 불렀다. 보통 중견 기업의 사장실만 한 집무실에는 총대리 신부 말고 한 남자가 먼저 와서 앉아 있었다. 총대리 신부는 직원에게 차를 내오라고 주문했다. 40대 중반에 자신의 돈을 한 푼도 안 들이고 프랑스에 유학 갔다 와서 대학에 교수로 있다가 교구청으로 온 그는 세속적으로만 보자면 얼마나 잘나가는 인생일까. 신부가 아니라면 이 정도 자리에 40대 중반의 남자가 오르려면 금수저에 영민한 머리에 그 이후 쭉 이어지는 운과 백이 있어야 할 것이었다. 그러나 그는 신부고 그것으로 모든 것을 누리고 있었다. 금수저이고 운이 좋은 일반인 어떤 사람보다 더한 것을 누리는 그가, 일요일 아침 모처럼 늦잠을 잘 수 있는데도 졸린 눈을 억지로 뜨고 애들 데리고 성당에 나와 꾸벅꾸벅 조는 말단 직위의 가장을 얼마만큼 이해할 수 있을까?

이나는 자리에 앉았다. 총대리 신부는 이전보다 더 근엄해 보이려고 애쓰는 것 같았고 그래서 더 많이 부자연스러워 보였다. 바지는 여전했다. 이나는 그쪽을 보지 않으려고 하다가 최별라가 주먹을 가져다 대던 것을 생각하고 그만 혼자 킥, 웃고 말았다.

"한이나 자매님, 인사하세요. 왜 그러세요? 뭐 즐거운 일이 많지는 않으실 걸로 여겨지는데요. ……여기는 강철 변호사. 변호사님, 말씀드린 한이나 씨입니다."

강철이라는 변호사는 키가 작았고 다부진 인상이었다. 검은 뿔테 안경을 쓰고 있었는데 앞에 놓인 서류들은 바라보지 않고 약간 멍멍한 표정이었다. 이가 커서 약간 만화에 나오는 당나귀가 웃는 상을 연상시켰다.

"우리 교구에서 법률을 자문해주시던 민 변호사님께서 지난주에 입원을 하셨어요. 병이 위중하신 건 아니지만 민 변호사님 하시던 업무를 대신해줄 강철 변호사를 소개시켜주시기에 저희 교구가 받아들이기로 했습니다. 백 전 신부가 고소한 일곱 명을 일괄 맡아주시기로 했어요. 수임료나 그런 것은 걱정마시고요. ……어머님도 당혹스러우시겠지요. 이 사건이 별거 아니다가 어머님이 포함되는 바람에 큰 사건으로 비화되어버렸어요. 물론 그쪽에서 그걸 노리는 것이겠지만요. 하지만 뭐, 걱정 마십시오. 악인들은 언젠가 망하는 법이지요."

총대리 신부는 학창 시절부터 답안지에 썼을 말을 억양 없이 천천히 했다. 언젠가 망한다. 그 언젠가 올 때까지 손 놓고 있는 사람들 때문에 한 번뿐인 젊음이나 가족, 혹은 생 전체를 잃는 사람들이 있다는 것을 생각할 때 '언젠가 망한다', 이 말처럼 무책임한 것이 또 있을까, 이나는 잠깐 생각했다. 그리고 서유진 식으로 말하자면 "악인들이 망한다 하면 소망원의 밥그릇을 빼앗은 당신들도?" 하고 장난기 어리게 생각했다. 그리고 자꾸 엇나가는 자신을 다잡으려는 듯 큰 기침을 한번 했다. 총대리 신부는 그동안 한이나와 최별라가 제출한 자료들을 한 움큼 들며 말했다.

"오늘 주교님을 뵈었는데 주교님께서 어머니 오승화 화백과 젊은 시절부터 잘 알았다고 하시더군요. 이렇게 다시 만나게 될 줄 몰랐다면서 안부 전하시라고요. 저도 프랑스 유학할 때 후배가 보내준 오승화 화백의 한복 입은 성모 시리즈 달력을 보면서 참 많이 묵상하곤 했어요."

갑자기 총대리 신부는 몹시 다정했다. 묻지도 않은 유학 이야기에 엄마 이야기까지. 이나는 엄마에게 들은 것도 있고 해서 아, 예 하고 의례적으로 대답했다.

"주교가 젊을 때부터 참 사람이 좋아. 그래서 주교가 됐지. 이 드센 무진 바닥에서 말이야. 그런데 그게 끝이야! 사람이 좋은데 뭐 어쩌자고? 우리가 그렇게 놀렸지. 시골구석에서 착한 신부 하면 좋을 사람이 이렇게 큰 교구를 덜컥 차지하고 나니 역량이 달려 어쩌지? 나중에 생각해보니 이나야, 그게 죄를 짓는 거야. 분수를 모르는 죄. 그 죄를 자기만 지으면 그만인데 사람들에게 이렇게 나쁜 영향을 미치니 말이야. 에덴 동산 이브가 주제도 모르고는 뱀이 그런 말 했다고 솔깃해서 지도 하느님 돼보려고 덜컥 선악과 따 먹는 거랑 뭐가 달라……. 내가 아는 주교는 절대 소망원 사태 해결 못 해! 아무것도 스스로 결정 못 하는 사람이거든, 아마도……. 게다가 그는 모든 사람에게 잘 보이고 싶다는 끔찍한 망상을 젊을 때부터 지녔어. 그것 또한 끔찍한 죄인 거야. 심지어 하느님도 못 하시는 걸 하겠다고 하잖아. 하느님의 인간판인 예수도 내려와서는 다수결로 십자가에 못 박혔는데."

이나는 문득 주교는 엄마에 대해, 이나의 친부와 고등학교 시절 절친이기도 했던 주교는 엄마 오승화에 대해 어떻게 말할까 싶었다.

"마지막에 네 아빠와 이혼을 하는데 그때는 젊었던 주교가 찾아왔지. 그때 교구청의 무슨 영향력 있는 신부 시절이었을 거야. 술 한잔 하자고 하더라. 네 친부와 우리 모두 가톨릭 학생회에서 아주 친한 친구들이었으니까……. 이혼은 안 된다면서. 그럼 조당인가 걸려서 성당에 못 나온다고 날 설득하려고 온 거야. 그래서 내가 그랬지. '다른 죄는 다 용서해주고, 심지어 사람을 죽인

죄인도 죄를 고백하고 용서를 청하면 용서를 받는데 이혼이 무슨 죄라고 용서를 못 하고 성당에도 못 나오게 하는 거야? 대체 왜들 그래? 그건 바꾸지도 않고 말이야! 니들 니네 못 하는 결혼 하니까 질투 나서 그러는 거 아니야!' 하니까 당시 젊었던 주교가 낄낄 웃긴 하더라."

듣던 이나가 킥킥 웃었던 기억이 났다.

날라져 온 차를 마시다가 총대리 신부가 다시 말했다.

"앞으로 한 자매님이 우리 강 변호사님을 많이 도와주셔야 할 듯하네요. 사건에 대해 제일 많이 알고 계시잖아요."

이나는 이제 총대리 신부를 보고 건성으로 고개를 끄덕였다. 이나는 하품을 참았다. 그리고 그 순간 엄마의 강렬한 자유의 피가 자신에게 흐르고 있음을 깨달았다. 그 피는 모든 지루한 것, 모든 진부한 것, 모든 구태의연한 것을 증오하는 피였다.

"알아요? 악은 지루하고 그래서 공허해요. 그리고 기껏해야 변명하죠. '이거 원래 이러는 거야.'"

어쩌면 그 말을 듣고 나서 그녀는 깨달았다. 가끔은 세상의 모든 '원래 이미 그렇다고 정해진 것들'을 깨고 싶은 자신에 대해 이상하게도 늘 죄책감을 가지고 있었다는 것을 말이다. 서유진에게 그 말을 듣고 집으로 돌아온 그날부터 어디선가에서 제2막을 알리는 종소리가 울린 듯했으니까. 반전의 성명서 같은 것이었고, 타성의 얼음을 깨는 도끼날 같다고 할까. 이 사건에 휘말리게 된 후 이나는 아주 작은 균열들을 느끼고 있었지만 그게 뭔지 아직 다 잡아낼 수는 없었다. 이나는 문득 서유진과 더 이야기하고 싶었다.

총대리 신부가 준 자료를 들고 함께 엘리베이터에 올라탄 후에 강 변호사는 처음으로 입을 열었다.

"인사나 합시다. 난 강철 이냐시오요."

"아까 이미 말했잖아요."

이나가 대답했다. 강철이 피식 웃었다.

"까칠하시군요. 기자시니까, 뭐…… . 뭐, 말하기 싫으면 관두세요. 나에 대해 더 말씀드리죠. 어차피 소통을 많이 해야 하니까요. 난 무진이 고향 아니에요. 난 강원도 탄광 지역에서 자랐어요. 서울서 대학 다닐 때 데모만 하다가 감옥에 두 번 다녀오고 겨우 졸업하고 막판에 겨우 고시 붙었어요. 고시로 사람 뽑던 시절에 말이죠. 개명 제도 생기자마자 제일 먼저 개명했어요. 부모님이 지어주신 이름은 현수예요, 강현수. 너무 울보 남자 새끼 같지 않아요? 그래서 바꿨죠. 대학 때 대자보 쓸 때 쓰던 가명으로요. 전 한국대 나왔는데 지금도 강철 하면 좀 알아줘요. 민주노총 금속노조 전담 변호사로 일하다가 얼마 전 다 때려치우고 희망 없이 뉴질랜드로 이민이나 가려고 하는데 민 변호사님이 입원하신 동안 잠시 도와달라셔서 왔어요. 그런데 덜컥 이런 사건을 맡게 됐네요. 뭐, 도와주실 건 별로 없고 사건을 대충 훑어

보니 다른 건 다 이해가 되는데, 몇 가지만 물어보면 될 거 같아요. ……신데레사 수녀인지 그건 뭡니까?"

아까 총대리 신부 앞에서는 과묵하고 말이 없어 보이던 강 변호사는 입을 열자 달변이었고 직설적이었다. 386세대 막차를 타고 입만 열면 '우리 학교 다닐 때는'으로 시작하는 연설을 하는 피곤한 사람일 거라는 느낌이 강하게 와서 이나는 자신도 모르게 좀 샐쭉해졌다.

"신데레사 수녀는 사람인데요? 뭐냐니요."

이나가 가시 돋친 대답을 하자 강철이 하하하 하며 크게 웃었다.

"뉴스텐에 계시죠?"

"휴직 상태예요."

"아, 것도 알아요. 뉴스텐에 제 선배가 있는데 한이나 씨가 자기 팀이라고 하시더라고요. 알아봤죠."

서유진에 강철까지 팀장은 발이 넓구나 싶었다. 밤마다 12시 전에는 집에 들어가지 않는 사람, 그리하여 매일 계속되는 음주로 간경화의 경고를 계속 듣는 사람이 가지는 최대한의 수익이라고나 할까.

"그게요. 신데레사 수녀라고……. 얘기가 꽤 복잡하다면 복잡한데……. 이해리라는 여자가 있어요. 타이거즈 클럽 총재 성추행 사건 검색하면 나오는 여자예요. 거기 제가 교구에 낸 자료에 정성일 씨 봉침 관련에도 나오고요. 일단 교구에 제출된 자료를 보시면 이해리 그 여자는 백진우 신부의 내연녀이자 기부금의 수혜자예요. 제보자에 따르면 신데레사 수녀가 아이를 낳아 이해리에게 데려다줬다고 말했다는데."

"그 수녀가요?"

"아니요, 이해리의 주장을 들은 사람의 말에 따르면 백 신부가요."

강 변호사는 잠시 고개를 갸웃했다.

"그러니까 잠시만요. 허허, 이거 가톨릭 내부 일이라서 싱거울 줄 알았더니 간이 아주 세네요. 정리하자면, 백 신부와 신 수녀가 애인 사이였고 둘 사이에 아기가 태어났는데 그 무렵 백 신부가 이해리와 양다리를 걸치고 그 아이를 이해리에게 키우라고 데려다줬다?"

"이해리의 주장이라고 해요."

"내가 말이지요, 존경하는 민 변호사님께서 나 감옥에 갔을 때 몇 번 빼내주시고 한 보은으로 이 사건 억지로 맡으면서 참 팔자에 없는 거 한다 생각했는데…… 갑자기 삘이 팍 오면서 무지하게 땡기네요."

그 자신의 말대로 강 변호사의 얼굴은 갑자기 빛나고 목소리에는 생기가 돌았다. 거무스름한 그의 얼굴이 활짝 웃자 더욱더 당나귀가 웃는 것 같이도 느껴졌다. 이나는 문득 웃음이 나왔지만 억지로 참았다. 무진 교구청을 나오며 강 변호사는 쭈그리고 앉아 갑자기 서류들을 들췄다. 그리고 그중 몇 장을 추려 이나에게 내밀었다.

"이거 말입니까?"

이나는 얼결에 그 서류들을 받아 들었다. 복사본이었는데 위에는 '백진우 신부 제출'이라는 글씨가 휘갈겨져 있었다.

각서

저는 백진우 신부를 유혹하였습니다.

저는 백진우 신부 곁을 맴돌며 그에게 육탄 공세를 퍼부었습니다.

저는 수도자로서 하면 안 되는 그 짓을 했습니다.

저는 백진우 신부 앞에서 옷을 벗었습니다.

저는 수도자로서 하면 안 되는 아이를 낳았고

저는 수도자로서 아이를 버렸습니다.

이 이후 제가 다시 백진우 신부 앞에 나타나면 저의 이 각서를 세상에 공개하고 저를 고소하셔도 좋습니다. 사죄하는 의미로 앞으로 아이 양육비를 한 달에 50만 원씩 보내겠습니다.

저는 나쁜 년이고 저는 창녀입니다.

서류에는 날짜가 2년 전으로 씌어 있었고 공증 사무소의 공증이 되어 있었다. 신데레사의 주민등록번호와 주민증이 첨부되어 있었다. 최별라의 입으로 어느 정도 전해 들은 바는 있으나 막상 그 공증 서류를 보자 어안이 벙벙했다.

"위조된 거 아닐까요? 이거?"

"울 것까지는 없어요."

이나의 안색이 생각보다 많이 창백했는지 문득 강 변호사가 웃었다.

"나는 우는 여자는 딱 질색이니까요. 아무튼 울지는 마시고, 내가 오늘 아침 무진의 공증 사무소에 확인했는데 이게 세 통이나 있다는 겁니다."

이나는 걸음을 멈추고 잠시 서 있었다. 충격 때문이었을 것이다. 야만의 현장을 날것으로 보는 순간처럼 숨이 턱 하니 막혀왔다.

"오홋, 이 인간들 참 재미있네요. 전 애인이 낳은 아이를 현 애인에게 키우라고 들이민다, ……그런데 그 남자는 가톨릭 신부다. 참 나, 이거 원……. 완전 구미 땡기네요. ……전요, 그 충격보다는 하나는 존경받는 신부고, 하나는 존경받는 수녀, 하나는 온갖 관의 표창장을 받은 한국의 마더 테레사란 여자, 이렇게 셋이 어찌 됐든 문서 하나를 내놓았는데, 아무리 각서지만 이런 유치한 낱말들을 썼다는 게 더 충격이었어요. 안 그래요?"

강 변호사가 물었고 이나는 얼핏 웃었다.

"그 여자, 이해리는요—제가 이해리의 페이스북을 들여다보았거든요. 참 신기한 여자이긴 해요, 독특하고—, 그 불쌍한 아이들을 키운다며 돈을 끌어모으고 있다. ……완전 대박이네요. 어때요, 날 우리 사무실까지 태워다주면 더 재밌는 것도 보여드릴 수 있는데 말이지요. 이해리라는 여자가 여기 무진 교구 주교는 물론 모든 주교에게 보낸 재밌는 편지가 있어요."

두 사람이 주차장 근처에 다다르자 강 변호사가 말했다.

"그렇게 조건을 달지 않으셔도 모셔다드릴 수 있어요."

두 사람은 이나의 차에 탔다. 그는 임시로 민 변호사의 사무실을 쓰고 있었는데 사무실은 시내 한복판에 있었다. 민 변호사 사무실이라면 이나도 잘 알고 있었다. 그는 무진의 대표적인 민주 변호사로서 무진의 민주화의 상징 같은 존재였다. 그야말로 유신 시절부터 이명박근혜 시절까지 민주화를 위해 일해온 무진의 몇 안 되는 존경받는 원로였다. "꼰대들은 다 재수 없어!"라고 하는 엄마조차도 가끔 민 변호사 이야기를 보면 "나 무진에서 이 분 한 분 딱 믿어!" 했을 정도니까 말이다. 변호사 사무실은 무진 교구청에서 막히지 않으면 차로 10분 이내의 거리였다.

"그럼 이건 어때요? 내가 그걸 보여드릴 테니까 나한테 무진을 좀 안내해줘요. 검색하면 나오는 유명한 바닷가가 있다고 하던데. 해가 기가 막히게 진다던데."

이나는 '그게 우리 집 있는 하운이에요' 하는 말은 하지 않았다. 무례하게 느껴지는 강 변호사의 요구에 어디까지나 타지에서 온 손님에 대한 무진인으로서의 예의 차원에서라고 스스로를 달

래며 이나는 말없이 차를 바닷가로 운전해 갔다. 가면서 또 내가 '예의라고 말하면서 지루한 걸 택하는구나' 하는 생각을 잠시 했다. 이상하게 착한 일을 할 때마다 그랬다.

"보름 전에 도착했는데 바닷가도 한번 못 갔어요. 어떻게 하다 보니 매일 술을 마시게 되었지요. 아, 한 번 있다! 술집에서 바다가 좀 보인 적도 있네요."

"이해리가 뭘 보냈죠?"

이나가 말을 돌렸다. 강 변호사는 다시 서류를 들추더니 뒤적거리며 무슨 서류를 찾아냈다. 거기에는 두 사람의 추기경과 각 지역의 주교 이름이 하나도 빠짐없이 써있었고 다음과 같은 글귀가 적혀 있었다.

천주교 무진 교구는 저와 백진우 신부 사이를 모함하여 저의 명예를 훼손하고 있습니다. 마치 제가 백진우 신부의 돈을 다 가져갔고 마치 제가 그와 내연의 관계라도 되는 것처럼 말입니다. 하느님께 맹세코 저는 백진우 신부님과는 평범한 신도와 사제 사이 이상도 이하도 아닙니다. 더구나 그들은 현재 제가 임신하고 있는 아이까지 백진우 신부의 아이라고, 허위 사실을 날조 유포하고 있는 중입니다.

저의 아이는 시각 장애인이 세상을 하직할 날을 얼마 남겨두지 않고 자꾸만 떨어지고 있는 이 나라의 출산율을 걱정하여 저와

의논하던 중 정자 기증으로 제가 아이를 낳기로 하면서 생겨난 생명입니다. (여기 그분의 정자 기증 서약서를 첨부합니다.)

각 주교께서는 무진 주교구장에게 압력을 넣어 당장 백진우 신부의 면직을 철회하기 바랍니다. 앞으로 이것을 철회하지 않을 시에는 제가 임신한 몸으로 세 아이를 데리고 명동성당 앞으로 가서 하느님께 저의 결백을 입증하기 위해 분신을 할 것임을 알려드립니다.

"이게 무슨 소리예요, 분신을 한다고요? 게다가 해리가 임신을 했어요?"

충격은 연거푸 더 왔다. 강 변호사가 여기서 그만 차에서 내린다 해도 이나가 그를 잡고 싶을 만큼 그랬다.

"재밌죠? 여기도 충격이에요. 이걸 페이스북에도 올렸어요. 인구가 줄어 고뇌 끝에 아이를 낳기로 한다……. 자기들이 돼지나 소, 양인 줄 아는지. 어이가 없어. 아무튼…… 이것도 공증을 받았어요. 이해리 이 여자분이 공증을 되게 좋아하나 봐요."

"임신을 했냐고요?"

이나의 얼굴은 몹시 창백해졌다. 강 변호사가 감정 어린 이나의 반응에 약간 놀랐다는 듯이 그녀를 힐끗 보았다.

"자궁도 없다고…… 떼어냈다고, 그때 첫아이 조산하면서."

강 변호사가 안경을 올리며 잠시 머뭇거리더니 허탈하게 웃었다. 말을 마치기도 전에 "이해리는 숨 쉬는 것도 거짓말이에요"

하던 채수연의 목소리가 들려왔다.

"여기 있네요. 임신 중임을 알리는 진단서. 이 사람들 한때 법률 공부했는지 서류 되게 좋아해요. 그런데 기자 출신이라면서 자궁 없네, 폐 한쪽 없네, 그걸 다 믿어요? 앵벌이들 보통 수법이에요."

강 변호사는 또 한 서류를 내밀었다. 이나는 강 변호사에게 그녀와 자신이 친구였다는 말을 하지 않았다. 백진우가 어릴 때 자신의 본당 보좌신부였다는 말도 하지 않았다. 그러고 보니 요 며칠 이해리의 페이스북을 보지 못했다는 생각이 들었다.

"이해리, 임신했어요. 이미 배가 상당히 나왔고……. 정자 기증을 받았다고 페이스북에 밝혔어요. 인구가 줄어드는 나라를 위해 애국하는 마음으로……. 아, 너무 유치해서 더 옮기기도 싫고! 나는 SNS 안 하는데, 이해리나 백진우에게 와서 댓글 다는 이 인간들 이해할 수가 없어요. 이해리가 분명 페이스북 저 앞에 자궁 떼어냈다고 썼고, 이제 임신했다고 배가 부른데 그걸 트집 잡는 인간이 하나도 없어요. 집단으로 바보증에 걸린 건지……. 기증을 누구에게 무슨 방법으로 받았는지 묻는 인간들도 없어요. 시각 장애인이라고만 하니……. 이해리에게 성금이 답지하고 있어요. 이해리가 박근혜 욕, 남들 다 하는 거 하고 나면 찬양 댓글이 달려요. 이해리는 보니까 자기 애들, 지 벗은 다리, 지 과거……. 이렇게 쭉 가다가 장애인 이야기 한 번, 박근혜 욕 한 번, 이렇게 페이스북을 하더라고요. 이러면 다 넘어가요. 참 사람들 모두 미

친 거 같아요. 아니면 돈들이 남아도는지……. 박근혜 욕만 하면
다 투사인 줄 아는지……. 이명박근혜 십 년 동안 사람들이 모두
눈이 멀어버린 것 같아요."

"시각 장애인이라고 했죠?"

이나가 되물었다.

"그 사람이 정자를 줬다고 주장을 하잖아요. 기증이라는
데……. 시각 장애인을 알아요?"

"예……, 그 사람 부인, 아니 전 부인을 만났어요. 이해리 때문
에 가정이 파괴되고 이혼당한 분이에요. 그런데 그분 칠십이 훨
씬 넘은……."

"왜 말 안 했어요? 알면 이름하고 연락처 줄래요?"

강 변호사가 안주머니에서 볼펜을 꺼내 들며 말했다. 그러는 사
이 이나의 차는 바닷가를 다시 돌아 시내로 진입하고 있었다. 강
변호사는 서류들을 다시 들추다가 갑자기 창밖을 보고 말했다.

"바다는요? 아……, 아까 언뜻 본 것 같기도 하네요. 에휴, 알
았어요. 무진이 생각보다 참 좁구나. ……난 저기 사거리에 세워
주세요. 곧 다시 연락드릴게요. 서유진 선배하고 셋이 술이나 한
잔해요. 그때는 꼭 바다를 보지요."

사거리에 세워달라고 해놓고 강 변호사는 그 사거리에 닿기도
전 신호등에 차가 정차하자 휑하니 내려버렸다.

9

그날따라 왜 그 집 앞에 차를 세워놓고 그렇게 망연했을까, 나중까지 의아하긴 했다. 그날따라 노을이 진하고 아름다워서였는지도 모른다. 살구나무 그늘 아래 차를 세워놓고 이나는 이제 막 살구나무 그늘이 짙어지는 어둠 속에 앉아 있었다. 마치 그날처럼 바다가 그 노을에 반짝이고 있었다. 그때 그들은 이 바다에서 노을을 보며 걸었다.

"아이스크림 먹고 싶지 않니? 신부님이 아이스크림 사줄게."

아이들이 환성을 올렸고 가위바위보로 아이스크림 사러 갈 사람을 정하기로 했다. 악마의 장난이었을까? 공교롭게도 백 신부와 이나만 빼고 모두가 보를 냈었다. 그리하여 그날 그렇게 운명과도 같이 이나와 백 신부만 바닷가 바위 위에 남았다. 그날, 그날, 그날······.

바다로 긴 노을이 지고 있었다. 상처처럼 길고 깊고 붉은 노을. 아주 오래된 어떤 감정이 이나의 가슴으로 스윽 지나갔다. 한참 동안 이나는 소리쳤었다. 하느님 아버지, 왜 저를 미워하시나요? 전 역시 아버지하고는 아무 인연이 없는 사람이었던가요? 친부도 계부도 이제 하느님 아버지까지! 그렇게 울던 소녀 시절에는 그래도 신앙심이 남아 있었던 것 같았다. 기억하는 이나의 갈비뼈가 출렁했다. 그 후로 아무렇지도 않은 척해야 하는 많은 날들이 있었다. 그러나 성당에 갔다가 이나는 뛰쳐나와버렸다. 신부가 서 있는 그 제단을, 그 거룩하다는 제의를 더 바라볼 수 없었다. 더러웠다. 모두가 사기 행각 같았다. 아무에게도 그걸 이야기할 수도 없었다. 이나는 그날 이후 적막의 바다를 홀로 떠가는 배 같았다. 아무도 없었던 나날에 신과 친구들마저 홀연 사라져갔던 시간들이었다.

"이게 누구야? 이나?"

차의 창문을 두드리는 소리에 고개를 들어보니 창밖에 그가 서 있었다. 이나는 잠시 현실과 회상 혹은 상상 속을 구분할 수 없었다. 아마도 주말이 아니어서 그가 나타나리라고 상상도 하지 못했기 때문일 것이었다.

"어, 오빠는 웬일이야?"

한이나는 차창을 내렸다.

"내일 지리산에서 가난한 시인들이 온다고 해서 집에 정리 좀 하러 왔어."

"치과 의사에게 무슨 시인?"

"여기 무진시에서 '인문학을 무지하게 사랑하는 무진 사람들의 모임'이라는 걸 무진대하고 같이 만들었는데, 뭐 스폰서 하라고……. 설명하면 복잡하고. 그래서 아무튼 내가 회장이야. 그래서 내일 지리산에 사는 시인들을 우리 집에 초대하는 거야. …… 잠깐 들어갈래?"

이나는 그렇게 얼결에 김남우를 따라 살구나무 집으로 들어갔다. 오랜만에 와보는 살구나무 집은 더 안정되고 윤이 나 보였다. 남우의 아내인 혜인의 부지런함과 안목이 돋보이는 실내. 깔끔한 청소 상태와 가구의 윤기들은 이 집 안에서 함부로 행동하지 말 것을 요구하고 있는 듯했다. 모든 것이 반듯했고 제자리에 있었고 그래서 더 보탤 것도 뺄 것도 없는 풍경은 그러나 몹시 정적이긴 했다. 남우는 대학 때까지 여기에 살았다. 부모님이 모두 돌아가시자 시내에 있는 자신의 병원 건물을 리모델링해서 거처를 옮겨갔고 그 후로는 여기에 주말에만 왔다. 그러는 사이 살구나무는 더 굵어졌고 해마다 더 많은 꽃을 희디희게 피웠다.

"무진에서 인문학을 무지하게? ……참 재밌게도 사는구나."

"그렇지. 시인들하고는 내가 무료로 지리산 쪽 예술인들을 좀 치료해줘서 인연이 있었는데 지난 선거 때부터 시장님이 나더러 그분들 좀 소개해달라 했어. 그래서 내가 본의 아니게 회장을……. 여기 시장님이 문학청년이셨어."

"좋다, 무진에서 산다는 거……."

"좁으니까 정겹고 좋은 점이 있지. 뭐 하면 다들 식구처럼 돕고……. 그래도 다들 서울 가고 싶어 하는걸 뭐……."

두 사람은 잠시 웃었다.

"커피 할래? 커피밖에 없어, 지금은."

"좋아."

남우는 부엌 쪽으로 가서 포트에 물을 올리고 커피잔을 꺼내며 약간 큰 소리로 물었다.

"어머니 편찮으시다며? 이야기는 들었어."

"아프신데 소송까지 당했어, 모녀가 세트로."

그는 물을 끓이느라 돌아서 있었고 이나는 거실 창 쪽을 바라보고 있었기 때문이었으리라. 그리고 피소를 당하게 한 사람, 즉 고소를 한 그 주어를 말하지 않았으므로 두 사람 사이에 침이 두 번 넘어갈 만한 침묵이 흘렀다. 그 침묵 틈으로 남우가 핸드드립으로 내리는 커피 향이 피어오르고 두 사람은 속으로 말없이 백 신부를 떠올렸을 것이었다. 그리고 어쩌면 그날을 말이다. 모든 것이 바뀌어버린 그날. 그날 이후 이나는 밥도 먹지 않고 서울로 가겠다고 고집을 피웠었다. 그리고 그날 이후 이나는 전화도 받지 않고, 그리고 남우의 편지에 답장을 하지 않았다.

이게 마지막이야. 세어보지 않았지만 백 번은 되는 것 같아. 이제 나도 지쳐간다. 대답 없는 사람에게 외치는 나의 마지막 편지가 될 거다. 이나야, 나는 너를 이해할 수 없구나. 너를 정말 이해할 수 없구나…….

활자들이 대못처럼 이나의 가슴을 쳤었다. 그렇게 그들은 어른
이 되었다. 이나는 서울에서, 남우는 무진에서 대학에 진학했다.
남우는 그의 아버지가 하시던 치과 병원을 더 세련되고 모던한
형태로 이어받았다. 남우의 아내 혜인은 어린 시절부터 성당에서
마주치던 후배였다. 이나는 단 한 번도 혜인에게 남우가 자신 때
문에 큰 상처를 받았었다는 이야기는 하지 않았다. 그날 바닷가
에서의 그 일과 그 언저리는 이나의 생애에서 할 수만 있다면 지
우개로 뭉개버려야 할 시간들이었다.

"내가 어떻게 도와주면 좋겠니?"

커피잔을 이나 쪽으로 밀어주고 자신도 한 모금 마신 후 깊은
생각에 잠겨 있던 남우가 고개를 들며 물었다.

"실은 어제 백 신부를 만났어……. 치과로 찾아왔더라고."

오래도록 그를 그리워했던 마음보다 분노는 훨씬 더 강하게 가
슴을 치고 올라왔다.

"여위고 초라한 모습으로 왔더라고. 돈을 좀 빌려달라고…….
솔직히 이유야 무엇이든, 불쌍했어. 성직자로 그러면 안 되는 거
지만 남자로서 한 여자를 사랑하게 될 수는 있는 거잖아. 신부
옷만 벗으면 그게 죄도 아니고."

"돈을? 미쳤어! 그래서 빌려줬어? 페북으로 카카오스토리로 얼

마나 빨아들이고 있는 줄 알아? 그 인간이 얼마나 나쁜 짓을 하고 다니는지 몰라서 그래? 뭐? 한 남자로서 한 여자를 사랑해?"

생각보다 목소리는 컸고 생각보다 이나는 많이 흥분하고 있었다. 생각보다 이나의 목소리 속에는 엄청난 분노가 들끓고 있었다. 이나가 긴, 그러나 별 내용을 다 말하지 못하고 그들은 나쁘다라는 요지의 말을 늘어놓았을 때, 그래서 말을 다 마치기 전에 남우는 약간은 놀란 얼굴로 자리에서 일어났다. 이러지 말아야 한다고 스스로 느꼈지만 이미 모든 것이 너무 늦었다는 것을 이나는 깨달아야 했다. 남우의 얼굴은 우연한 해후에서 너무 무거운 짐이라도 얻은 듯 어두워져 있었다.

언젠가 어느 스님의 저서에서 이나는 이런 말에 밑줄을 여러 번 친 일이 있었다.

내가 사랑하니 너는 내 거다. 내가 전에 보고 좋아했으니 너는 그때부터 내 거다. 내가 그렇다고 하니 그놈은 나쁜 놈이고 내가 그렇다고 하니 저 사람은 좋은 사람이다. 내가 그렇다고 하니 너는 그놈하고 말하면 안 되고 너는 그놈하고 말을 나누어도 안 되고 너는 나보다 그를 더 미워해주어야 한다. 그게 사랑이다, 하는 세 살짜리 강박에서 벗어나십시오.

"게다가 그 상대가 누군지 알기나 해?"

이미 질러버린 고함 소리를 다 취소해버리고 싶을 만큼 후회가 일었지만 이나는 마지막으로 소리를 더 질렀다.

남우가 잠시 곤혹스러운 표정으로 이나를 바라보다가 조용히 대꾸했다.

"응."

"해리라는 거 알아?"

"응, 알아."

"언제부터 알았어?"

남우는 잠깐 멈추었다. 이나의 말투가 취조를 하는 듯했다는 것을 그녀는 스스로 느끼지 못했다. 남우가 침을 꿀꺽 삼켰다.

"면직되고 사람들이 이야기하는 소리를 들었어. 그게 너에게는 큰 상관이 있는 거야?"

기습이었다. 이나는 당혹스럽게 남우를 바라보았다.

"해리는 독신이야. 백 신부도 대한민국 법률에 따르면 아직 총 각이야. 가톨릭을 다 빼놓고 생각한다면 문제가 될 게 뭐 있어? 그게 이나 너였다고 해도 문제가 안 돼."

이나의 얼굴이 마분지처럼 굳어졌다.

"어떻게 나를…… 거기다가……."

"별 뜻 없이 한 말이야, 심각하게 생각하지 마. 예를 든 거니까. 아무튼 가톨릭만 아니면 뭐가 문제겠어?"

"가톨릭을 어떻게 빼놓고 생각해? 그걸 가지고 사기를 쳤는데."

"사기 친 사람들이 뭐 당한 것도 아니고 자발적으로 돈 가져다 바쳤잖아. ……이나야, 좀 진정을 해봐. 너 고소한 것, 주교님 고소한 것, 나 정말 나쁘다고 생각해. 그렇다고 분별을 잃으면 안 돼."

"오빠는 내가 분별을 잃었다고 생각해?"

말은 이제 본래의 길을 잃고 두 사람 사이의 오솔길로 들어서며 비틀거리고 있는 듯했다.

"해리도 불쌍한 아이야. 해리네 애들 우리 치과에서 충치 치료 시키고 있는데 애 셋이나 키우느라 힘이 드는지 바짝 말라서 너무 안돼 보이더라. 남편 죽고……. 너도 알지만 해리는 이 세상을 정말 힘들게 살아온 아이야. 세상이 한 번도 그 애에게 너그러운 적이 없었다고……."

"세상이 너그럽게 대하는 사람이 이 세상에 몇 명이나 된다고!" 하고 말하고 싶은 것을 이나는 꾹 참았다. 그건 너뿐이라고 김남우. 그렇게 말해버리면 이 해후가 너무나 신파가 되어버릴 것 같아서였다. 아니 남우조차도 그렇게 생각하지 않을 것이었다.

"……게다가 임신까지 했어. 너하고는 달라."

너하고 달라, 라는 말은 살아온 이력이 다르다는 것이었는데 이상하게 임신하고 연결되어버려서, 마치 너처럼 아이도 안 낳아본, 이라는 소리로 들렸다. 목이 잠겨왔고 이나는 더 이상 말할 수 없었다. 잠시 침묵이 지나갔다. 이나가 낮게 입을 열었다.

"어떻게 설명해야 할지 모르겠어. 오빠는 항상 혼자서 옳고 싶어 하니까 나는 오빠 앞에선 뭐라고 말을 해야 할지 모르겠어."

한참의 시간이 지난 후 이나는 남우가 이 자리를 좀 떠나고 싶어 한다는 것을 느꼈다.

이나는 이 자리를 박차고 나가고 싶은 감정과 몇십 년 만에 단둘이 마주친 이 자리를 소중하게 마무리하고 싶다는 생각 사이에서 심한 갈등을 느꼈다.

"내일 지리산 시인들 오는 행사를 준비하느라 우리 직원들 아직 병원에서 퇴근 못 하고 있어. 가서 저녁을 사줘야 해. 이나야, 이야기는 조만간 다시 만나서 하자."

남우의 얼굴에 깊은 피곤이 드리워졌다.

두 사람은 일어났다. 이나가 마신 커피잔을 치우려고 했을 때 남우가 "그냥 놔둬. 내일 와서 하면 돼" 하자 이나는 이제 확실하게 등을 떠밀리고 있다는 기분이 들었다. 오래 묵었던 상처들이 내장 속에서 꿈틀꿈틀 하는 듯 약간의 복통이 일었다. 두 사람은 어느덧 가로등이 켜진 살구나무 아래를 걸어 각자의 차로 갔다.

"어머님께 안부 전해드려."

그 말로 남우는 작별 인사를 대신하고 싶어 했다. 이나는 웃지 않았다.

"부탁이 있어."

남우가 돌아서려다 말고 이나를 바라보았다.

"약속해줘. 최소한 명백하게 악을 목격하게 된다면 모른 척하지 말아줘."

이나와 남우의 눈이 아주 길게 마주쳤다. 먼저 시선을 돌린 것은 남우였다. 그것이 무엇을 의미하는지 이나는 남우가 알 거라고 생각했다.

"멱살을 잡지는 못해도 소리쳐줘! 여기 나쁜 사람들이 나쁜 짓을 하고 있다고. 그냥 원래 다들 이래요, 나쁘게 생각하면 한도 없어요, 이러지 말자고."

정말, 무슨 소리를 하고 있었던 걸까. 그것이 타당한 이야기였을까. 이나는 자신이 무슨 소리를 하고 있는지 다는 의식하지 못했다. 남우는 피식 웃으며 얼핏 이나의 눈을 피했다. 남우의 눈동자는 몹시 흔들리고 있었다. 그러나 남우는 쾌활하게 대답했다.

"물론이지!"

남우는 다가와 이나의 두 어깨를 두 손으로 잡았다. 지금은 전설보다 오래되어버린 어느 날, 성당에서 돌아오던 큰길에서 모퉁이를 돌아 늘 두 사람만 이 길에 남았을 때, 살구나무가 지금보다 젊었을 때, 이나의 발목이 더 많이 가늘고 남우의 목이 더 길었을 때, 남우는 어느 날 이나의 어깨를 두 손으로 붙들고 말했었다.

"윤이나, 내가 할 말이 있었는데 뭔지 알아? 너 정말 윤이 나야."

그때 이나가 발개진 얼굴로 턱을 뒤로 젖히며 까르르 웃었던가. 그때 따라 웃던 남우의 이가 눈이 부시도록 반짝였던가.

"오빠는, 오빠는 그럼 김나무? 김이 열리는 나무? 이상하다."

그러나 오늘 이나의 두 어깨를 잡는 남우의 눈은 생각 탓이었는지 약간 슬퍼 보였다.

"너 내려왔다는 소식 듣고 내가 모두에게 저녁 한턱 쏘려고 했는데, 너, 백 신부님, 해리 말이야. 다들 다시 예전처럼 잘되었으면 좋겠다. 다들 고향 사람들인데 말이야."

예전의 언제? 이나는 묻지 않았다.

"조심히 가, 오빠. 혜인이에게 안부 전해주고."

이나는 돌아섰다. 혜인이라는 발음 때문은 아니었다. 그것에서 파생되는 수많은 고통의 밤들이 새삼 다시 그녀에게 지나간 것도 아니었다. 다만 머리를 쓸어 넘기던 소년의 긴 손가락이 떠올라왔던 거였다. "얼른 가자. 어두워지면 너 혼자 못 가" 하고 말하며 성당 앞에서 기다려줄 때 그의 목소리에서 배어나오던 따스한 느낌들이 떠올랐던 거였다. 함께 주먹 하나 사이를 두고 걸어갈 때 가끔씩 부딪히던 반팔 입은 팔의 맨살과 그 사이를 부드러이 불어가던 바람들……. 얇고 힘없는 면도날로 온몸을 죽죽 그어 내리는 듯한 통증이 일었다. 그걸 사람들이 그렇게 부르곤 했다고 들었다. 타는 듯한 외로움. 이나는 언뜻 하늘을 보았는데 감기는 눈꺼풀 속의 충혈된 눈동자처럼 실낱같은 노을이 붉게 걸려 있었다.

〈2권에 계속〉

해리 1

초판 1쇄 2018년 7월 30일
초판 4쇄 2018년 8월 30일

지은이 | 공지영
펴낸이 | 송영석

주간 | 이진숙 · 이혜진
기획편집 | 박신애 · 정다움 · 김단비 · 정기현 · 심슬기
외서기획 | 박지영
디자인 | 박윤정 · 김현철
마케팅 | 이종우 · 김유종 · 한승민
관리 | 송우석 · 황규성 · 전지연 · 채경민

펴낸곳 | (株)해냄출판사
등록번호 | 제10-229호
등록일자 | 1988년 5월 11일(설립일자 | 1983년 6월 24일)

04042 서울시 마포구 잔다리로 30 해냄빌딩 5·6층
대표전화 | 326-1600 **팩스** | 326-1624
홈페이지 | www.hainaim.com

ISBN 978-89-6574-661-4
ISBN 978-89-6574-660-7(세트)

파본은 본사나 구입하신 서점에서 교환하여 드립니다.

이 도서의 국립중앙도서관 출판예정도서목록(CIP)은 서지정보유통지원시스템 홈페이지
(http://seoji.nl.go.kr)와 국가자료공동목록시스템(http://www.nl.go.kr/kolisnet)에서 이용
하실 수 있습니다.(CIP제어번호: CIP2018021653)